다시
사랑하게
된다면

일러두기

· 외국 인명과 지명, 고유명사 등의 표기는 국립국어원의 외래어 표기법을 따랐습니다.

· 단행본에는 겹꺾쇠표 《 》를, 잡지명, 작품명, 영화 제목, 논문에는 홑꺾쇠표 〈 〉를 사용했습니다.

· 이 책에 사용된 인용과 재수록 작품들은 저작권사의 사전 허락을 받았습니다. 다만 일부 인용문 중 저작권자가 확인되지 않은 글은 추후 저작권자가 확인되면 절차에 따라 재수록 사용 허락을 받도록 하겠습니다.

· 이 책에서 소개하고 있는 사례는 내담자의 사생활을 보호하기 위해 일부 각색되었습니다.

매혹과 권태, 상실 그리고 성장의 심리학

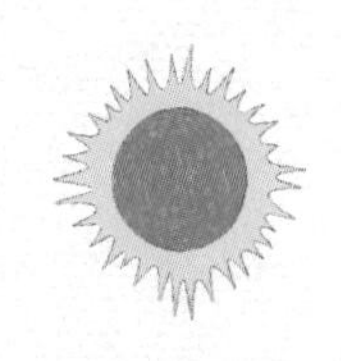

다시 사랑하게 된다면

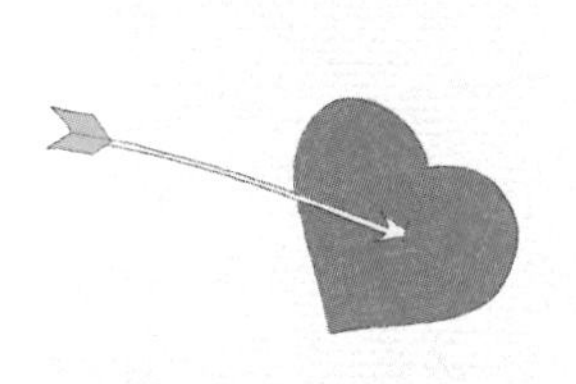

주현덕 지음

나무의마음

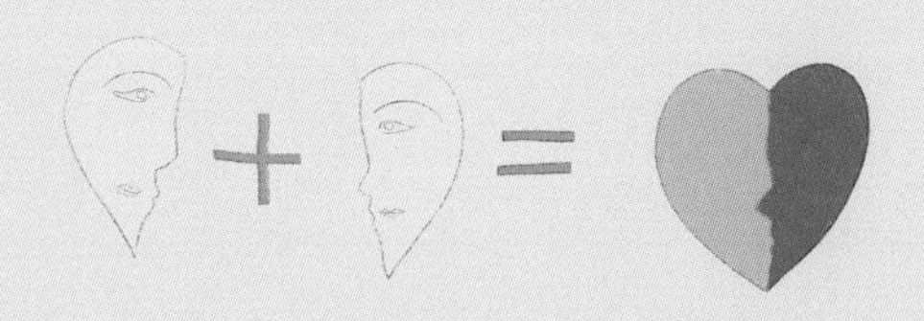

차례

2부

우리의 사랑은 얼마나 지속될까?

3부

선택, 그 후에 오는 것들

4부

온전한 사랑

감사의 말

문득문득 떠오르는 생각들이 아무리 기발한 것일지라도 기록으로 남기지 않으면 구름처럼 흩어지고 머릿속에서 찰나 동안만 머물다 사라진다.

생각이 원고가 되려면 어떤 계기나 의지가 필요하고, 확장과 설명이 추가되어야 한다. 그래서 체계적인 원고가 되는 과정은 집중과 노력의 시간이다. 그 외에도 행운과 누군가의 호의적 관심이 있어야 책이 될 수 있다.

한 번에 쉽게 되지도 않는다. 아이 한 명을 길러내기 위해 한 마을이 필요한 것과 마찬가지로, 책도 작가만 있어서 되는 것이 아니라 많은 이들의 도움을 받아야 온전해질 수 있다.

이 책 역시 원고가 정리되고 책으로 나오는 과정에서 선의와 열정으로 기꺼이 수고를 맡아주신 많은 분들의 도움을 받았다.

먼저, 제자이면서 인생의 친구인 김남준은 가장 대화가 잘 통하는 상대로서 사랑에 관한 성숙한 견해, 젊은 세대의 감각과 예리한 분석, 마음을 열어 집중하는 소중한 시간을 나누어주었으며, 이 책의 출간에 결정적인 동력이 되어주었다.

하이브의 방시혁 의장, 최유정 고문, 소성진 대표, 김신규 이사, 윤석준 대표, '슈프림보이' 신동혁, 나현숙 박사 그리고 JYPE의 변상봉 부사장은 그분들이 생각하는 것보다 훨씬 더 큰 도움을 주었다. 고마움을 전하고 싶다.

친구 정은석은 여러 의견을 친절하게 제안해주고 아이디어가 확장될 수 있도록 도와준 섬세한 대화 상대지였다.

내가 누군가를 좀더 잘 가르칠 수 있는 능력과 자격을 갖출 수 있도록 대학원 진학의 기회를 선뜻 제공해주신 (주)쎈서스의 김종남 사장님에게 큰 감사를 드린다.

또한 출판의 기회를 주고, 더 나은 글이 될 수 있도록 도움을 준 출판사 나무의마음에도 감사드린다. 각 파트의 모든 분들이 최고의 역량을 발휘해주었다.

그리고 사랑의 힘이 얼마나 강한지를 평생 행동으로 보여주신 내 어머니께 깊이 감사드린다. 내가 두 날개로 날 수 있도록 끊임없는 응원과 격려를 보내주신 장인어른과 장모님, 내 의견을 늘 존중하고 경청해준 처제에게도 고마움을 전한다. 두 아들은 내가 이 책을 써야 할 가장 분명한 이유를 제공해주었다.

마지막으로, 내가 어떤 사람인지에 대해서 가장 많은 것을 말해주고, 내 사랑의 방향이 되어준 아내에게 가장 큰 감사를 전한다. 아내 없이는 아무것도 가능하지 않았다.

머리말

사랑의 가능성에 대하여

"사랑처럼 엄청난 희망과 기대 속에서 시작되었다가
반드시 실패로 끝나고 마는 활동이나 사업은
찾아보기 어려울 것이다."

《사랑의 기술》에서 에리히 프롬은 이런 말을 했다.

시작이 있는 모든 것에 끝이 있는 건 당연하지만, 우리는 사랑이 끝나는 것만큼은 쉽게 받아들이지 못한다. 그러나 열정과 감동, 행복으로 찬란했던 사랑도 결국 소멸한다. 다만 그 끝을 영원한 실패로 받아들이느냐, 또 다른 시작을 위한 기회로 받아들이느냐에 따라 인생은 아주 달라질 수 있다.

10여 년 전부터 아이돌과 연습생들에게 심리학을 가르치고, 그들의 정신건강을 돌보는 일에 참여하며 한 가지 깨달은 바가 있다. 이미 스타 반열에 오른 사람이든, 아직 이름이 알려지지 않은 사람이든, 사람은 누구나 자기 존재 자체로 사랑받기를 원하고 사랑하기를 바란다는 것이다. 비록 지금은 사랑 때문에 가슴이 아프고, 더 이상 사랑 따위 믿지 않는다고 말하는 사람들조차도.

그러나 누구에게나 사랑은 큰 숙제이자 다루기 어려운 문제다. 때와 장소를 가리지 않고 불쑥 찾아왔다 어느 날 갑자기 떠나가 버리는 사랑에 매번 속수무책으로 당하고 만다. 그러다 애정의 실패를 겪고 나면 우리는 보통 세 가지 행동 패턴을 보인다.

첫째, 상처와 시련의 고통을 곱씹으면서 자신의 시간과 존재감을 낭비한다.
둘째, 혼자는 외롭다며 금세 새로운 사랑을 찾아 나선다.
셋째, 더 나은 사람으로 성장하고 발전하기 위해 사랑하는 능력을 키운다.

이 책은 어느 한때 누군가를 열렬히 사랑했거나 사랑하게 될 사람들이 "사랑 참 어렵다"며 사랑하기를 포기하려 할 때 미약하나마 위안이 되고 길잡이가 되길 바라는 마음으로 시작되었다. 사랑의 상처는 어떤 이에게는 절망과 우울이지만, 어떤 이에게는 인생을 통틀어 이보다 더 큰 가르침을 주는 것도 없기 때문이다.

그동안 매번 실패했던 사랑을 다시금 반복하지 않기 위해서는 특별한 기술과 능력이 필요하다. 이 말은 플러팅flirting이나 타겟팅targeting처럼 대상에 접근하는 유능함보다, 한 사람과 진지하게 관계를 맺고 유지하며 더 깊은 사랑으로 발전할 수 있는 성숙한 행동과 의지의 실현을 의미한다.

심리학을 배우고 가르치는 일을 업으로 삼으면서, 다른 모든 분야와 마찬가지로 사랑을 많이 한 사람이라고 꼭 사랑에 대해 더 많은 것을 알고, 아는 만큼 실천하는 것은 아니라는 사실을 자주 목격한다. 배우고, 배운 것을 실천하려고 애쓰는 사람만이 더 나은 길로 나아간다. 항상 그렇다. 저절로 '아픈 만큼 성숙해지는 것'은 아니기에 지나간 사랑을 어떤 식으로 인정하고 새로운 사랑을 어떻게 맞이할 것인가의 선택은 늘 지혜를 요구한다.

쓰라린 사랑의 상처를 되새김질하면서 자기 위안의 구덩이에 스스로를 가두는 것보다, 삶의 본질을 이해하고 스스로 더 바른 짝이 되려고 노력하고 바른 짝을 선택할 가능성에 마음의 문을 여는 것이 더 현명한 선택이다. 건강한 삶을 위해 질병을, 생명의 이치를 이해하기 위해 죽음을, 행복의 가치를 터득하기 위해 고통의 실체에 대해 알아야 하는 것처럼 다시 사랑하기 위해서 우리는 '사랑이 왜 끝나는지'를 이해해야 한다.

그러기 위해 이 책에서는 그동안 우리가 눈감고 회피하고 억누르고 무시했던 사랑에 관한 막연한 환상과 의구심, 두려움 그리고 궁금증에 대해 질문들을 던지고자 한다. 그것은 너와 나, 우리에 관한 이야기다.

한 사람을 온전히 사랑하려면 상대를 잘 알지 않고서는 불가능하다. 그러나 그에 앞서 내 존재에 대해 깊이 이해하는 과정이 선행되어야 한다. 그러지 않고는 그 사랑은 늘 실패를 거듭할 수밖에 없다.

표면으로 드러나는 감각적 반응 너머에 존재하는 것들, 예를 들면 매혹과 권태, 상실과 회복, 성장의 과정에 지혜와 성찰, 감사의 마음이 따를 때 사랑은 더 분명해지고 진실한 본모습을 갖추게 된다.

다시 사랑하라. 사랑하는 것보다 더 좋은 일은 없다. 사랑은 사람이 하는 그 어떤 것보다 인생을 특별하게 만드는 축복이다. 사랑하지 않고는 삶은 온전하지 않다. 지금 사랑의 아픔을 겪고 있거나 사랑하는 것이 두렵다는 이유로 다시 사랑하지 않으려 스스로 합리화하려는 시도를 거두라. 분별 있게 사랑하는 능력을 터득해서 더 나은 사랑을 하라. 그렇게 진솔한 사랑이 삶을 채우는 경이로움과 축복을 누리자.

사랑의 상처를 붙잡고 한 번뿐인 인생을 소모하는 미욱함에서 벗어나기 위해, 어떤 위로도 해결해주지 못하는 상실감에서 벗어나 제대로 사랑할 힘을 얻기 위해 이 책의 진심에 마음을 열어주길 바란다.

그리고 스스로 더 좋은 짝이 되라. 덜 상처 입고, 더 잘 회복되어 다시 사랑하라.

이제의 사랑은 지나간 사랑과 다를 것이다.

2023년 가을에

주현덕

1부
이끌림

매혹당하다

"사랑의 최초의 움직임은 필연적으로
무지에 근거할 수밖에 없다."
… 작가 알랭 드 보통 …

두 시선이 부딪힌 순간 시간이 멈추고 두 영혼이 서로를 향해 흐른다. 주변의 사물은 초점이 번지듯 희미해지고, 그 사람만이 또렷해진다. 자신도 모르게 표정도 자세도 온통 그 사람을 향한다. 단 한 번의 시선에 마음이 뚫리고 만다. 이것은 사랑일까, 매혹일까?

∞

알랭 드 보통은 스물다섯 살에 쓴 자전적 소설《왜 나는 너를 사랑하는가》에서 사랑의 시작부터 사랑이 끝나는 순간까지 일련의 과정들을 마치 일기를 쓰듯 1인칭 화자의 시점으로 써내려간다.

스물세 살의 '나'는 파리에서 런던으로 가는 비행기 안에서 클로이를 만나게 된다. 그저 우연히 옆자리 승객으로. 그리고 겨우 한 시간 남짓한 비행 시간과 짐을 챙겨 세관을 통과하는 그 짧은 시간에 '나'에게는 엄청난 사건이 벌어진다.

"나는 이미 클로이를 사랑하고 있었다."

비행기에서 아무 정보 없이 만나 한 시간 만에 사랑에 빠진 스물세 살의 '나'는 부지불식간에 타인으로부터 속절없이 무장해제 당한다. 상대가 누구인지도 모르면서 가슴이 뜨겁게 불타오른다.

> "그 감정(사랑)을 받아들일 가능성이 있는 모든 사람들 가운데 왜 하필이면 그녀에게 갑자기 느끼게 되었는지, 그것은 자신 있게 말할 수 없다. (…) 사랑에 빠지는 일이 이렇게 빨리 일어나는 것은 아마 사랑하고 싶은 마음이 사랑하는 사람에 선행하기 때문일 것이다."*

세상에는 이 소설의 '나'처럼 첫눈에 반해 사랑에 빠지는 사람도 있고, 시간이 지나 서로 익숙해지고 나서야 사랑에 빠지는 사람도 있으며, 호감을 느끼고 '썸'을 이어가며 사랑하게 되는 경우도 있다.

시작하는 방식은 달라도 사랑에 빠지는 순간 지금까지와는 전

---

* 《왜 나는 너를 사랑하는가》(청미래)

혀 다른 세상이 열린다는 점은 공통적이다. 상대방의 존재가 심장을 뚫고 들어와 시간의 흐름을 바꾸고, 세상이 돌아가는 원리와 중심을 바꾸어버린다. 만약 두 사람의 마음이 같다면 가슴의 불꽃은 더 격렬하게 타오르고, 연인을 향한 뜨거운 열정에 심장은 두방망이질 친다. 영혼이 상대를 향해 흐르게 된다.

∞

남녀가 처음 만나 '첫눈에 반했다'고 하는 순간은 불교에서 말하는 찰나(刹那, 1찰나는 약 0.013초)에 비교될 만큼 짧다. 순식간에 어떤 현상이나 사물이 생기기도 하고 사라지기도 한다는 말이 사랑을 통해 증명된다. 실제로 우리는 아주 짧은 시간에 상대에 대한 태도를 정하고, 연애 의지를 발휘한다. 뇌과학자나 심리학자들이 1초에서 3초라고 말하든, 그 이후의 단계까지 포함해서 일련의 과정이 좀더 긴 시간(약 8초)에 걸쳐 일어난다고 해도, 우리가 '영원한 사랑'이라고 말하는 것의 시작인 이끌림은 지극히 짧은 시간에 결정이 나는 셈이다.

누군가에게 빠지면 오로지 상대만 밝게 보이고 주변은 온통 어두워지는 터널 시야tunnel vision 현상을 경험한다. 운전자들이 터널에 들어가면 출구의 빛을 보고 달리기 때문에 시야가 좁아지듯, 관심이 한 사람에 꽂히면 다른 사람은 눈에 들어오지 않게 된다. '너'의 등장은 어둠이 가득한 내 인생을 환하게 밝히고, 그 한 사람이 내 세상의 중심이 된다.

그러나 주변은 다 사라지고 오직 한 사람만 보인다는 것은 사랑에 집중하는 힘은 있지만, 주변상황에 눈감고 고민해야 할 것들을 놓치게 만들 수도 있다. 빛에 가려진 부분, 어둠 속에 드러나지 않은 부분이 꼭 나쁘기만 한 것은 아니지만, 오래지 않아 어떤 식으로든 두 사람의 관계에 영향을 주게 될 것은 자명하다.

∞

운명적 만남의 주인공이 되고 싶은 마음은 기꺼이 이상화와 환상을 끌어들인다. 아직 상대가 어떤 사람인지 실체도 확인되지 않았는데, 이것들을 기둥 삼아 화려한 집을 짓는다. 그러다 어느 순간 상대의 실체가 드러나면 환상은 사라지고 텅빈 집에 초라하게 서 있는 자신을 발견하게 될지도 모른다.

물론 첫눈에 반해서 죽는 날까지 서로 사랑하는 기적 같은 일들도 일어난다. 하지만 그들의 관계도 한결같이 사랑이 넘치는 순간의 연속은 아니고, 부침이 있게 마련이다. 인생처럼 사랑도 태어나고, 성장하고, 쇠퇴하고, 생명을 다한다. 아무리 간절하고, 특별하고, 위대하다고 느꼈던 사랑도 그 힘이 약해지는 것을 피하지 못한다.

첫눈에 반했다 해도, 아니 그럴수록 서로 배려하고, 지지하고, 연모하고, 하나가 되려고 애쓰는 과정이 필요하다. 그 시간 속에 사랑이 있다.

오해

“좋은 쪽이든 나쁜 쪽이든 모든 연애의 90%는 이해가 아닌
오해란 사실을. (…) 사랑을 이룬 이들은
어쨌든 서로를 좋은 쪽으로 이해한 사람들이라고,
스무 살의 나는 생각했었다.”
… 박민규, 《죽은 왕녀를 위한 파반느》 중에서 …

박민규의 말은 심리학적으로도 타당성이 있다. 몬머스 대학교 심리학과 교수이자 관계 전문가 개리 르완도스키 박사는 《사랑에 관한 오해》에서 무엇이 우리의 연애를 가로막고 있는지, 관계를 망치는 열 가지 그릇된 믿음에 대해 다음과 같이 소개하고 있다.*

남자와 여자는 애초에 다를 거라는 오해
우리 사랑은 아무 문제가 없어야 한다는 오해

* 개리 르완도스키, 《사랑에 관한 오해》(알에이치코리아)

괜찮은 얼굴이 아니면 끌리지 않을 거라는 오해

사랑이란 신체적 끌림일 거라는 오해

그/그녀가 나를 사랑한다면 바뀔 거라는 오해

이기적으로 구는 건 무조건 잘못된 거라는 오해

1분 1초도 아까울 만큼 곁에 있어야 한다는 오해

싸움은 안 할수록 좋은 거라는 오해

그/그녀가 항상 나를 응원해주어야 한다는 오해

그/그녀와 헤어지면 나는 무너질 거라는 오해

우리의 사랑은 객관적 사실과 논리적 근거를 따르기보다 자신이 보고 싶은 것만 보고 듣고 싶은 것만 듣는 데서 시작된다. 누군가에 반하게 되는 그 일련의 과정은 객관적·합리적 사고의 기능을 밀어낸다. 상대의 허물은 과소평가하고 좋은 점은 과대평가하는 것을 '핑크 렌즈pink lens 효과'라고 하는데, 사랑에 빠지면 핑크 렌즈를 낀 것처럼 세상이 분홍빛으로 보인다고 해서 붙여진 이름이다. '눈에 콩깍지가 씌었다'는 말과 비슷하다. 사랑의 콩깍지는 다른 이성의 매력도 걸러낸다.

∞

사랑은 여러 가지 마법이 일어나게 만들고, 자신과 세상 사람들에 대한 생각과 태도도 변화시킨다. 상대의 외모가 잘생기고 예쁜 것과 거리가 멀고, 평소 자신이 꿈꿔오던 타입이 아닌 경우라도 상관없게 된다.

'그런 것은 그다지 중요하지 않아'라는 자기 설득과 '나는 뭐 얼마나 대단하다고?'라는 자기 성찰이 갑자기 일어나 사랑의 도취에 머물게 한다.

일상적인 일들을 처리하던 뇌에 사랑의 감정은 격변을 일으킨다. 마음은 이성과 감정의 싸움터가 된다. 싸움의 결과는 애초부터 뻔하다. 감정의 한판승.

인간의 뇌는 신경세포가 하나의 큰 덩어리를 이루고 있지만 본능과 생명 유지를 담당하는 뇌(파충류의 뇌), 감정의 뇌(변연계), 사고의 뇌(대뇌피질)로 3층 구조를 하고 있다. 뇌과학자들에 따르면 사고의 뇌보다 감정의 뇌가 먼저 만들어졌기 때문에 이성과 감정이 대립하는 상황에서는 대부분 감정이 우위에 선다. 감정이 먼저 작동하기 때문이다. 만약 우리가 누군가와 사랑에 빠지면 우리 뇌는 사랑이란 감정에 이끌리는 동시에 사랑이라는 문제를 어떻게 해결하고 대처할지를 고민하느라 바빠진다.

∞

사랑에 빠진다는 건 뇌에 엄청난 스트레스, 즉 자극의 홍수 상황이다. 대체로 긍정적 스트레스지만 차분하게 처리하기 벅찬 수준의 스트레스인 건 분명하다. 그럼에도 '사랑의 스트레스 상태'에 머물고자 하는 욕구가 강하다 보니 스트레스 대처 부위인 편도체가 이성(자제력)을 담당하는 뇌 부위의 기능을 억제한다.

심리학자 대니얼 골먼은 이를 가리켜 '편도체 납치amygdala hijack', 즉 감정의 이성 납치 현상이라고 설명한다. '사랑에 눈멀다'라는 표현은 이성이 감정에 납치되어 제대로 기능하지 못하는 상태를 가리키는 말이라고 할 수 있다.

∞

사랑이 계속 이어지고 발전하기 위해서는 흥분으로 날뛰던 감정이 이성과 타협하고 관계를 이어갈 방법을 찾아야 한다. 헤아릴 줄 아는 능력과 절제는 감정과 이성 모두가 풍부할 때 제대로 작동할 수 있다. 상대를 배려하고 기다려줄 줄 아는 능력이야말로 깊고 오래 가는 사랑의 핵심이 아닌가?

그러나 어쩌랴! 아무리 심리학·뇌과학적으로 사랑에 빠진 뇌의 작동 원리를 이해한다고 해도 사랑에 빠진 순간, 마음을 어쩌지 못하고 통제력을 잃게 된다. 사랑의 미래나 상대의 마음을 확신할 수 없으니 조바심이 생길 수 있다.

'그/그녀가 내 외모/내 경제력에 반한 것뿐이라면 어쩌지?
빛나던 피부, 찰랑이던 긴 생머리가 사라지고,
날씬하던 몸매가 점점 살이 찌고, 머리가 벗겨져도

여전히 그/그녀는 나를 사랑할까?'

절대로 상대를 잃고 싶지 않은 간절한 마음은 상실의 두려움을 거대하게 키운다. 누군가 자기보다 더 멋진 사람이 그 사람을 데려갈까봐 불안하기도 하다. 어떻게든 사랑을 지켜야 한다고 예민해진 편도체가 난리를 칠 때, 장기 기억을 담당하는 해마hippocampus에서 두 사람이 함께했던 즐겁고 행복한 경험을 떠올릴 수 있다면 그나마 조금은 안정될지도 모른다.

∞

우리는 상대의 외적 조건 때문에 먼저 끌리곤 하지만 상대의 내면까지 받아들이게 되면 그때 비로소 진정한 사랑이 시작된다.

우리는 상대가 세상에서 가장 뛰어난 사람이라서 사랑하는 것이 아니다. '슈퍼맨'도 '원더우먼'과 커플이 되지 않았다. 세상에서 가장 아름답고, 멋지고, 훌륭한 누군가를 사랑하는 것은 사실 특별하거나 고유한 것도 아니다. 누구나 멋진 대상을 보면 반하고 사랑의 감정을 느낄 수 있다. 사실 멋진 대상에 끌리는 것은 의미를 부여할 만한 선택이라고 할 것도 없다. 그저 단순하게 반한 상태일 뿐이어서 어떤 노력이나 의지도 필요하지 않기 때문이다.

"당신은 (세상에서 제일 예쁘거나 제일 잘생기지 않아도) 그 누구보다 나에게 사랑스럽습니다."

이 한 문장이 사랑하는 사람의 심정을 말해준다. 상대가 그 사람인 것으로, 내가 나인 것으로 충분하지 않고 받아들이지 못한다면, 그런 마음의 불안은 다른 어떤 것으로도 다스릴 수 없다. 좋은 조건이 상대를 사랑하는 유일한 이유라면 지극히 조건적인 평가와 반응일 뿐이다. 그 조건이 사라지면 그 사랑이 계속되어야 할 이유와 동기도 함께 소멸하기 때문이다.

∞

사랑은 대단한 존재들의 결합으로 일어나는 일이 아니다. 평범한 사람들이 만나서 서로에게 세상에 하나밖에 없는 특별한 존재가 되어가는 이야기다. 상대가 정말 대단한 존재여서가 아니라, 알 수 없는 이유로 상대가 내 마음에 사랑을 꽂으면 그 사람이 세상의 유일한 존재가 된다. 그리고 세상이 오직 그 한 사람을 중심으로 돌아간다고 느낀다.

하지만 매혹의 단계는 아직 반한 상태일 뿐이고 정말 대체 불가능한 특별한 사랑이 되기 위해서는 일상 속에서 서로 아끼고 헌신하는 과정이 이어져야 한다. 서로 함께한 수많은 경험들이 쌓이면서 단단해져야 한다. 비록 오해와 착각으로 시작된 사랑일지라도.

"나를 얼마나 사랑해?"

"인간이 사랑하는 것은 자신의 욕망이지,
욕망하는 대상이 아니다."

… 프리드리히 니체, 《니체, 사랑에 대하여》 중에서 …

사랑을 하면 늘 기쁨과 만족으로 충만할 것 같지만, 수시로 불안이 엄습한다. 지금 느끼는 안정감과 기쁨이 언제 사라질지 모른다는 두려움에 자꾸 이렇게 확인하고 싶어한다.

"나를 얼마나 사랑해?"
"나를 사랑한다면 그 사랑을 증명해봐."

연인 관계에서 상대가 나를 사랑하는지, 사랑한다면 얼마나 사랑하는지, 사랑이 식은 건 아닌지 늘 궁금하고 알고 싶어하는 건 당연하다. 그런데 시시때때로 상대의 마음을 확인하고 싶어하는 그 마음은 과연 진정한 사랑일까? 진화심리학자들에 따르면 그것은 사랑이 아니다. 그들은 관계의 안정성이 번식에 대단히 중대한 영향을 미치기 때문에 남자든 여자든 이런 정보를 갈망하도록 진화했을 뿐이라고 말한다.

∞

사랑에 대한 니체의 평가도 별반 다르지 않다. 그는 이제까지 우리가 당연하게 받아들였던 낭만적인 사랑의 특성들을 비판하고, 그 밑바닥에 있는 통속적이고 이기적인 요소들을 지적한다. 그는 "남녀의 사랑은 이기적인 열정에 불과"하며 "인간이 사랑하는 것은 자신의 욕망이지, 욕망하는 대상이 아니다"라고 잘라 말한다.

《니체, 사랑에 대하여》에서 니체는 우리가 말한 사랑이 진정한 사랑이 되기 위해서는 "자기 자신을 존중하는 것"에서 시작해야 한다고 강조한다. "자신을 굳건히 하고, 두 발로 용감하게 버텨야 한다. 그렇지 않으면 사랑할 수 있는 능력은 사라진다"라고 말한다. 또한 그는 "사랑은 사람을 보다 높은 차원으로 이끌려는 욕구를 가지고 있다"며, "오직 사랑함으로써 인간의 영혼은 어딘가 아직 감추어진 더 높은 자아를 온 힘을 다해 탐색하려 한다"고 말한다. 니체가 말한 자기애를 기초로 하는 사랑은 자신의 한계를 뛰어넘는 초인 사상과도 연결된다. 그렇다면 그가 말한 사랑은 현실에서 어떻게 실현 가능할까?

∞

문화인류학자 마거릿 미드의 말에서 힌트를 얻어보자. 그녀는 1925년 남태평양의 사모아 섬을 시작으로 뉴기니, 마누스, 발리 등을 24차례나 조사하면서 원시 상태의 8개 부족의 생활에 참여해 관찰했다.

마거릿 미드의 강의 중에 폴 브랜드라는 한 학생이 문명의 첫 증거가 무엇인지를 질문했다. 질문을 한 학생을 포함해서 사람들은 토기나 낚싯바늘, 간석기 등을 예상했다. 그러나 그녀의 대답은 예상 밖이었다.

∞

나중에 폴 브랜드는 마거릿 미드의 강의에 참석했던 일화를 《Fearfully and Wonderfully Made》에서 이렇게 회상한 바 있다.

"그녀에게 진정한 문명을 보여주는 최초의 증거는 치유된 대퇴골, 즉 다리뼈였다. 미드는 한 강의에서 그것을 제시하며 경쟁적이고 야만적인 사회의 유해에선 그런 치유의 흔적이 전혀 발견되지 않았다고 설명했다. 그런 곳엔 화살이 관통한 관자놀이, 곤봉에 부서진 두개골 등 폭력의 증거들이 넘쳐났다. 하지만 치유된 대퇴골은 분명 누군가가 다친 사람을 돌보았음을, 그를 대신해 사냥하고, 음식을 가져다주고, 자신을 희생하여 그를 보살폈음을 보여준다."*

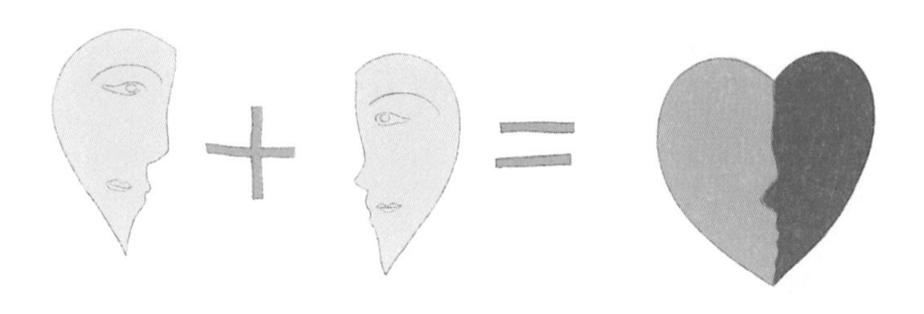

"치유된 대퇴골이야말로
인류 문명의 시작이라고 할 수 있습니다.
부러졌다 붙은 흔적이 있는 다리뼈는
누군가가 그 사람이 치유되는 동안
곁에서 돌봐주었음을 나타내요.
누군가가 그 부상자를 위해 사냥을 해서
먹을거리를 가져다주었어요.
연민이야말로 문명의 첫 징후라고 할 수 있어요."

미드는 수렵과 채집이 생존 조건의 거의 전부라 할 수 있고, 적자생존의 환경에서 치명적인 부상을 당한 이를 회복할 때까지 돌본 이가 있었을 거라고, 상처를 치료하고 다시 걸을 때까지 상대를 보살피고 아끼는 그 행위야말로 인간 문명의 시작이라고 말한다.

여기서 미드가 말한 인간 문명의 시작은 사랑의 시작과 맞닿아 있다. 진정한 사랑은 내 욕구와 욕망을 뛰어넘어 상대를 돌보고 아끼고 혼자 두지 않는 것이니까.

그런데 입으로는 사랑을 말하고 상대에게 사랑을 확인하려 들면서도 정작 자신은 상대에게 정성과 관심을 쏟지 않고 상대로부터 사랑받는 것에도 감사할 줄 모르는 사람들이 있다. 오직 내 욕구와 욕망만 중요할 뿐이어서 상대와 마음을 나누려고 하기보다는 상대를 지배와 조종, 착취, 기만, 통제의 대상으로 삼으며 복종과 애정을 요구한다.

∞

사랑을 확인하기 위해 상대의 생각과 판단까지 좌우하고, 독점하겠다는 것은 욕심이지 사랑이 아니다. 상대의 의도를 지배하고,

---

* Paul Brand and Philip Yancey, 《Fearfully and Wonderfully Made: A Surgeon Looks at the Human and Spiritual Body》, (Zondervan Publishing House)

생각을 장악하려는 마음으로는 좋은 소통을 기대할 수 없다.**

이런 사람은 사실 누구도 온전히 사랑할 줄 모르기 때문에 자신에 대한 사랑도 초라한 것일 가능성이 높다. 보통 스스로에 대한 존중과 사랑이 부족한 사람은 마음의 상처가 깊거나, 인간관계에 대해 왜곡된 신념을 가진 경우가 많다. 그래서 마음속으로 늘 이런 의심을 한다.

'이 사람이 정말로 그렇게 괜찮은 사람이라면, 어떻게 나 같은 사람을 사랑할 수 있을까?'

누구도 내 안의 불안을 대신 잠재워 줄 수 없다. 오직 자신에 대한 존중과 확신을 통해서만 불안에서 벗어날 수 있다. 아이러니하게도 상대의 마음을 지배하고 구속하려는 욕심을 드러낼 때마다 상대의 사랑의 자발성은 손상된다. 실제로 수많은 사람이 사랑을 통해 자신의 불안을 지우고 싶어하지만 필연적으로 그게 잘 될 수 없기 때문에 좌절하고 분노한다. 자신의 마음인데도 통제하는 것이 쉽지 않다. 한편으로 낭만적인 환상이나 흥분의 열정에 몰두하

** Deborah Tannen, 《I only say this because I love you》 (Ballantine Books)

면 사랑으로부터 어떤 상처도 입지 않을 것 같은 느낌이 들기도 하지만, 이 또한 진짜가 아니다.

∞

내 마음이 왜 그렇게 움직이는지 이해할 수 있어야 우리 사랑이 어디쯤에서 길을 잃고 헤매는지 알아차릴 수 있다.

'왜 나는 그/그녀를 사랑할까?'

상대방이 나를 어떻게 생각하고 얼마나 사랑하는지 예측하고 상상하는 것보다 자기 자신을 살펴보는 것이 먼저다.

어떻게 해서든 이 사랑을 놓치고 싶지 않아 하는 것은 경기에서 꼭 이기고 싶은 선수의 마음과 비슷하다. 하지만 사랑은 이기고 지는 것보다 어떻게 이기고 지는가가 더 중요하다. 자신의 불안을 꾸며서 누군가에게 사랑을 받는 것은 '반칙'이다.

지금 당장은 이긴 것 같아도, 결국 패배하게 된다. 차라리 내 안의 욕망과 불안을 인정하고 수용하는 데서부터 시작하는 게 낫다. 그리하여 지금 이 사랑에서 진다고 해도 괜찮다. 솔직하게 상대와 만나는 사람에게는 진정한 사랑의 기회가 또 온다.

∞

자기 자신을 이해하고 사랑하는 방식은 타인을 사랑하는 방식으로 이어진다. 자기만 사랑하고 남을 사랑할 줄 모르는 사람은 자신도 제대로 사랑하는 것이 아니다. 자기 자신을 사랑하면 결코 다른 사람에게도 해가 되는 일을 할 수 없기 때문이다.

나만 돋보이려 발뒤꿈치를 든 불안정한 모습으로는 계속 서 있을 수 없다. 자기 자신도 지탱하기 힘든 모습으로 그 누구를 사랑할 수 있겠는가. 두 발은 굳건히 현실을 디디며 당당하게 걸어라. 그 길 끝에 사랑이 있다.

사랑과 호감을 구별하는 법

"만약 우리가 한 사람과 시간을 보내는 것을
좋아하고 함께 있고 싶어한다면
그것은 'Like'이며, 반드시 'Love'라고 할 수는 없다."
… 미국 심리학자 지크 루빈 …

'지금 느끼는 이 감정은 단순한 호감일까, 아니면 사랑일까?'

많은 사람들이 호감과 사랑 사이에서 혼란을 겪는다. 상대와의 관계를 발전시킬지 말지 여부를 결정할 때 이 두 가지 감정을 구분하는 문제가 중요해지는데, 진짜 사랑을 찾아야 하기 때문이다.

자신의 감정이 호감인지 사랑인지 헷갈릴 때 심리학자이자 변호사 지크 루빈의 질문을 참고해볼 수 있다. 그는 사랑의 본질을 이해하기 위해 경험적으로 사랑을 측정할 수 있는 도구를 개발했는데, 대표적인 항목은 다음과 같다.

호감에 대한 문항

(1) 나는 ________가 아주 좋은 사람이라고 생각한다.

(2) 나는 책임 있는 자리에 ________를 추천할 수 있다.

(3) 나는 ________가 내리는 판단을 신뢰한다.

사랑에 대한 문항

(1) 나는 ________를 독차지하고 싶다.

(2) 나는 ________를 위해서라면 무엇이든지 할 수 있다.

(3) 나는 ________에게 ________의 비밀 이야기를 들을 때면 아주 즐겁다.

지크 루빈이 소개한 각각의 문항은 인정받고 싶고 신체 접촉을 주고받고 싶은 욕구인 '애착', 자신의 행복과 욕구처럼 다른 사람의 행복과 욕구도 존중해주는 마음인 '배려', 상대방과 감정이나 생각과 욕망을 나누는 '친밀감'을 반영한 것이다.

이때 사랑하는 사이의 애착이나 배려는 친구 사이보다 훨씬 섬세하고 강렬한 감정이다. 둘 다 호감이 바탕에 깔려 있기 때문에 우정에서 사랑으로 발전할 수 있지만 애착, 배려, 친밀감 셋 중 어느 하나만 빠져도 진정한 사랑이 아니다. 은밀한 욕망이나 아주 깊은 우정을 사랑이라고 착각한 것이거나, 그 이외의 욕구로 생긴 일시적인 감정일 뿐이다.

∞

하지만 사랑과 호감을 명확하게 구분하기란 여전히 쉽지 않다. 사랑과 호감의 개념과 범위를 모든 사람이 동의하는 수준으로 정하는 것은 일단 불가능해 보인다. 사랑이란 말이나 좋아한다는 말을 사람에 따라, 상황에 따라, 기분에 따라 다르게 사용하는 것도 구분을 어렵게 한다. 지크 루빈은 '사랑은 훨씬 더 깊고 강렬하며 신체적 친밀감과 접촉에 대한 강한 욕구를 포함하는 것'으로 정의했다. 그러면서 호감과 사랑의 차이를 다음과 같이 설명한다.

"사랑loving은 낭만적인 감정을 의미하고, 호감liking은 매력을 느끼는 것이다."

그의 구분에 따르면 누군가와 함께 시간을 보내는 것이 좋고, 함께 있고 싶다고 해서 그것이 꼭 사랑은 아닐 수 있다. 단지 호감만으로도 그러고 싶을 수 있다. 실제로 아주 많이 좋아하는 감정을 사랑으로 표현하기도 한다. 그래서 좋아하는 것을 넘어서는 더 강한 감정을 사랑이라고 생각하는 경우가 일반적이다.

여전히 두 감정을 구분하기 어렵다면, 둘 사이의 차이점을 이해하는 데 도움이 되는 문장이 있다.

"꽃을 좋아하는 사람은 꽃을 꺾지만,
꽃을 사랑하는 사람은 꽃에게 햇볕을 쬐게 해주고 물을 준다."

아직 사랑의 의미를 잘 모르는 사람은
꽃이 좋으면 그 꽃을 꺾어서 집으로 가져온다.
보고 있으면 예쁘고 남들도 예쁘다고 하니까.
그런데 시간이 흘러 사랑이 뭔지 알게 되면 달라진다.
꽃이 뿌리내린 그 자리에서 지긋이 바라보고 즐길 뿐이다.
필요하면 물을 주고, 잡초를 제거하고,
자신의 손이 더러워지는 것을 마다하지 않는다.
보고 싶으면 다시 가서 볼 뿐이다.
자신의 욕구만이 아니라 꽃의 입장을 헤아릴 줄 알게 되면
꽃에게 해가 되는 것은 할 수가 없다.
꽃을 진심으로 아끼고 사랑하는 것이 무엇인지 배웠으니까.

결국 호감이 나의 욕구 충족과 행복에 집중하는 감정이라면,
사랑은 상대의 성장과 행복에 더 집중하는 것이라 할 수 있다.

몇 년 전 한 노배우가 TV에 출연해 한 말인데, 사랑에 관한 원숙하고 통찰적 접근이라는 생각이 들었다.

∞

호감은 상대방의 매력이나 좋아할 만한 특성 등에 대한 조건적 반응이다. 멋지고, 예쁘고, 귀엽고, 유능하고, 착하고, 강하고, 다정하고, 재미있고, 섹시하고, 따뜻하고, 용감하고, 순하고, 말이 잘 통하고, 비슷하고 등등의 특성에 대해 긍정적인 강한 감정이 일어나는 것이다. 상대가 더 좋은 점을 가졌기 때문에 좋게 보고 끌리게 되는 반응이 호감이다.

이때 호감이 늘 객관적으로 나은 점들에 대한 긍정적 반응이기만 한 것은 아니다. 각자의 취향과 요구에 따라 상대를 다른 대상보다 더 좋게 느낄 수도 있다. '수수해서' '아담해서' '통통해서' '말라서' '평범해서' 등등 취향에 따라 자신과 조합이 잘 맞거나 서로 보완해준다는 느낌을 주는 것이면 충분히 호감을 느낄 수 있다.

∞

물론 사랑하는 감정도 상대가 가진 어떤 특성들, 즉 남보다 더 낫다고 느껴지는 점들, 외모나 경제력, 좋은 성품, 개성, 건강, 지능, 재능 같은 매력 요소들 때문에 생기지만, 진정한 사랑은 그런 요소를 뛰어넘는다. 남보다 더 좋은 점을 가지고 있지 않아도 단지 그 사람이라는 이유로 온갖 특성이 마음에 들게 된다.

다만 우리가 간과하는 것이 있다. 사랑은 무조건적이라는 말이 있지만, 나의 욕구와 행복을 무시하고 조건 없이 주기란 쉽지 않다는 중요한 사실 말이다. 물론 하나 주면 하나 받아야 하는 '기브 앤 테이크'처럼 조건적이지는 않다. 상대가 뭘 하지 않아도 자신을 내어주고 싶어진다. 사랑에 빠지면 상대가 누구보다도 특별하고 대단하며 소중한 존재로 느껴지면서, 내 마음이 온통 상대로 가득 채워진다. 이런 경험이 사랑의 가장 대표적인 특징이고, 특별한 마법이다.

하지만 좋아하는 것만으로는 마음이 다 채워지지 않는다. 얼마든지 다른 것들이 들어갈 자리가 있다. 좋아하는 것은 조건적이어서 역설적으로 비교적 오래갈 수 있다. 상대방이 내가 좋아하는 특성을 계속 유지하면 나도 좋아하는 것을 계속 유지할 수 있다. 마치 배보다 사과를 좋아하는 취향처럼 잘 바뀌지 않는다. 그 사과가 계속 사과답기만 하다면.

∞

사랑하고 좋아하는 것에는 교집합이 있다. 좋아하는 마음이 있으면 사랑하는 것이 더 쉽다. 사랑하면 좋은 것들이 눈에 더 잘 들어온다. 좋아하는 마음이 있으면 사랑이 더 깊어지게 만들고, 사랑이 약해진 시기에 관계가 이어지도록 지탱해준다. 상대를 포기하지 않을 이유를 제공한다. 좋아하는 마음이 크면 사랑하기 위해 굳이 애쓰지 않아도 되기 때문에 사랑의 샘이 쉽게 마르지 않는다.

그러나 이때도 사랑으로 모든 문제가 해결될 거라는 속단이나 단정은 금물. 사랑하고 좋아하는 사람들끼리도 문제는 늘 발생할 수 있다.

호감의 상호성 원리

"나중에 깨닫게 될 것이다.
어떤 남자와 함께 있을 때의 행복감이
꼭 그를 사랑한다는 의미는 아니라는 것을."
… 프랑스 작가 마르그리트 뒤라스 …

A와 B는 같은 취미 활동을 하면서 알게 된 사이다.
어느 날 B가 사귀자고 고백을 했고, A도 그 고백을 받아들여
사귀게 되었다. A는 누군가 자신을 좋아해주고 챙겨준다는
것이 참 좋았다. 하지만 100일도 되기 전에 위기가 찾아왔다.
A는 자신이 B와 같이 있으면 편안하고 좋았지만
감정이 그 이상으로 발전하지 않는다는 걸 느꼈기 때문이다.
관계를 정리하고 친구로 남을지, 아직 만난 시간이 짧으니
더 만나봐야 할지 확신이 서지 않았다.

누군가 나를 좋아하면 나도 상대방에게 어느 정도 호감을 느끼게 된다. 이것을 심리학에서는 '호감의 상호성 원리'라고 하는데, 어떤 사람과 함께 있을 때 기분이 좋으면 그 대상에 대한 호감이 증가하고, 그때의 긍정적 감정을 사랑의 시작점으로 생각할 수 있다. 상대와 경험한 즐거움은 반함과 설렘의 이유가 되기 충분하기 때문이다. 좋은 기분은 상대에 대한 호감을 높여주는 강력한 요인이다. 자신을 즐겁게 해주는 사람처럼 좋아하기 쉬운 사람이 어디 있겠는가?

그러나 문제는 그런 조건에서 좋아하는 감정이 지속되지는 않는다는 데 있다. 더 높은 강도를 원할 수도 있고, 상대가 과도한 호감을 보일 경우 부담감을 느끼고, 그 사람과 관계를 이어가는 것에 스트레스를 받을 수도 있다. A의 경우 자신의 감정을 조금 더 살펴보는 시간이 필요할 것이다. 그리고 설사 이별을 결정한다 해도 그것이 큰 문제는 아니다. 사람의 감정이란 얼마든지 바뀔 수 있고, 상대가 사랑을 준다고 해서 그 사랑에 반드시 보답해야 한다는 부담을 느낄 필요는 없다.

∞

사랑인 줄 알았는데 가까워질수록 그게 아니었다는 것을 알게 된 순간, 그 이유로 결별을 결정해야 할 때 포기해야 할 것들이 생긴다. 예전의 편안한 관계로 다시 돌아가기 어려워지고, 달라진 그 감정을 상대에게 표현하는 순간 갈등이 생기기 시작한다. 만약 상대도 서로가 사랑으로 연결되어 있지 않다는 것을 인정하면, 함께 했던 시간을 뒤로 하고 지금까지 서로가 제공해온 편의와 호의를 포기해야 한다.

때로 상대가 제공하는 호의와 선물, 그 사람이 소유한 것이 호감을 불러일으키고, 그것이 선택의 동기가 되기도 한다. 사실 상대를 알아가는 데 그 사람이 소유한 것을 따로 떼어놓고 생각하기는 어렵다. 그 사람이 성취하고 얻어내고 만들어낸 것도 다 그 사람의 인생이 아닌가?

이때 필요한 것은 지혜로운 분별력이다. '그 사람을 사랑하는 것', '그 사람이 소유한 것도 사랑하는 것' 그리고 '그 사람이 소유한 것만 사랑하는 것'을 구분할 줄 알아야 한다. 그 경계가 분명하지 않다 해도 자신은 알 수 있을 것이다. 그 가운데 나의 마음은 어디에 속하는지.

∞

상대가 나에게 기꺼이 베푸는 것은 분명히 의미가 있다. 그 사람의 의지와 정성을 그보다 더 잘 보여주는 것은 없기 때문이다. 지금 이 순간 받는 것에 기뻐하고, 앞으로 받을 수 있는 것을 따져보는 것, 본인이 가진 것을 기꺼이 내어주는 상대에게 더 많이 끌리는 것을 잘못이라고 할 수 없다. 상식적이고 당연한 판단이다.

"그 말, 그 약속 책임져."

이런 말로 미래의 사랑이 보장될 수 있다면 참 좋겠다. 자신을 내맡기는 도전에 앞서 명분을 만들고자 사랑을 갈구하는 것이겠지만, 미래에 관한 보장에 대해 욕심을 부리는 것은 다 부질없다. '보장을 전문적으로 하는 보험사'도 사고가 날 때 무조건 보장해주는 것은 아니며, 보험금을 내어줄 때 말을 바꾸기도 한다.

"사랑한다는 것은 아무런 보증 없이 자기 자신을 맡기고 우리의 사랑이 사랑을 받는 사람에게서 사랑을 불러일으키리라는 희망에 완전히 몸을 맡기는 것을 뜻한다."

에리히 프롬은 《사랑의 기술》에서 '사랑한다'는 말의 의미에 대해 이렇게 설명한다. 하지만 사랑에 대한 막연한 기대만으로 자신을 내맡기는 것이 보통 사람들에게는 불가능하며, 사랑의 기술을 터득한 다음에나 실현 가능하다고 말한다. 그런데 너무 많은 연인들이 사랑의 감정만으로 충분하다고 착각한다. 그 지점에서 사랑의 괴로움, 이별의 싹이 움튼다. 아무것도 미래의 사랑을 보장해줄 수 없으니, 우리는 보통 지금 가장 진지하고 절실해 보이는 서로의 모습을 받아들인다. 하지만 그뿐이다.

오래된 거짓말

"영원히 너만을 사랑해."

사랑에 빠지는 순간 우리는 이렇게 맹세한다. 하지만 그 약속이 지켜질 수 없다는 것을 알게 되는 데는 그리 오래 걸리지 않는다.

평범한 인생을 살아가는 사람도 사랑만큼은 운명적인 것이길 갈망한다. 비록 지금은 자신의 영혼을 헤아려 줄 사람이 없더라도, 언젠가는 꿈에 그리던 한 사람이 반드시 나타나기를 간절히 바란다.

한 나라를 다스리던 왕에게 공주가 셋 있었다.

첫 번째 공주는 아주 영리했고, 여러 가지 면에서 유능했다.

둘째는 아주 심성이 고왔고, 다정하면서도 용기가 넘쳤다.
셋째는 누구보다도 아름다웠다.
세 명의 공주를 사랑한 사람들이 많았지만, 첫째는 이웃
왕국의 곧 왕이 될 패기 넘치는 왕자, 둘째는 천재 과학자,
셋째는 재벌 3세와 결혼했다. 세 쌍은 거의 첫눈에 서로
반했고, 뜨거운 사랑에 빠졌다. 왕은 모든 결혼에 흡족했다.
그 이후로 그들은 모두 행복하게 살았다.
그러나 그 시간은 그리 오래 가지 않았다.
첫째 공주는 남편이 다른 나라 공주에 빠져 바람이 나자,
맞바람으로 응수하여 파탄에 이르렀고, 둘째 공주는 천재
과학자와 각자의 고집 때문에 자주 다투다가 갈라섰고,
셋째 공주는 남편과의 성격 차이 때문에 헤어졌다.
그리고 셋 중 한 명은 재혼하였고, 또 한 명은 재결합 얘기가
나오고 있으며, 한 명은 재산분할 소송을 진행 중이다.

지금까지 우리가 알고 있던 동화 속 결말은 대부분 "그 후로도 행복하게 살았답니다"와 같이 해피엔딩으로 끝나는 경우가 많지만, 현실은 다르다. 처음에는 그렇게 사랑했던 짝들이 "우리의 인연은 여기까지!"라고 선언하고 각자의 길을 걷는다.

∞

인생 전부를 걸었던 사랑도 결국은 변한다는 사실은 우리를 혼란스럽게 한다. 우리는 모든 힘을 동원해 사랑을 지켜내는 해피엔딩을 꿈꾼다. 자신의 사랑은 특별하고 또 대단해서 절대로 변하지 않을 거라고 믿고 싶어한다. 수많은 노래와 드라마, 영화, 소설에서 말하는 사랑처럼.

영원히, 열렬하게 사랑하는 것은 수많은 연인들이 바라고, 시도하고, 포기하기도 한 삶의 목표다. 끝내 이루지 못한다 해도, 우리의 인생이 헛되지 않으며 대단한 의미가 있는 것처럼 느껴지는 일이 사랑을 통해서 일어난다. 그걸 꿈꾸는 것은 어떤 잘못도 아니다.

∞

불과 20세기 이전까지만 해도 낭만적 사랑은 결혼의 전제 조건이 되지 못했다. 본인들의 의지나 선택보다 다른 외부 조건에 의해서 결혼이 이뤄지는 경우가 빈번했다.

사회가 현대화·민주화되면서 개인의 결정권이 존중받는 시대가 오고 나서야 사랑이 배우자 선택의 우선순위에 오를 수 있었다. 사랑의 세레나데가 울려 퍼지고 낭만적 사랑은 문화 산업의 중심이 되었다. 개인의 소득이 증가하면서 경제적 안정을 위해 결혼을 선택하지 않아도 되는 사회가 되었다.

하지만 오늘날 소득불균형이 더 심해지고, 미래의 삶에 대한 보장도 불투명해지자 다시 사랑보다 조건을 더 중요한 가치로 여기는 사람들이 늘어나고 있다. 낭만적 사랑이 첫째 조건이었던 데서 현실적 관점으로 결혼을 바라보는 시대로 바뀌다 보니 개인의 능력과 조건이 갖춰지지 않았다고 생각하는 젊은이들 중에 결혼과 출산, 양육을 포기하는 경우가 증가하고 있다.

물론 여전히 많은 사람들이 영원한 사랑을 꿈꾸면서 결혼생활을 사랑으로 채우길 희망한다. 그런데 정작 "그렇게 소망하는 사랑의 내용이 무엇인가?"라고 물으면 제대로 답하지 못한다. 자신이 어떤 사랑을 하고 있는지, 상대의 사랑이 어떤 성격과 내용을 가졌는지 잘 모르면서 "우리는 서로 사랑한다"는 말만 반복한다.

스스로 너무나 특별해서 세상 사람들과 다른 사랑을 할 수 있다는 오만한 생각이나, 우리의 사랑은 너무나 대단해서 영원할 것이라는 생각은 주변에서 아주 흔하게 발견된다.

∞

자기 사랑에 대한 과장된 생각과 믿음은 '확증 편향Confirmation bias'이 거든다. 이는 자신의 선입견 또는 믿음을 지지하는 정보만 선택적으로 받아들이고 그렇지 않은 정보는 외면하는 태도다. 결국 보고 싶은 것만 보면서 사랑은 왜곡되고, 시간이 갈수록 도수가 맞지 않은 안경을 쓰고 비틀거리는 것처럼 그 사랑도 흔들린다.

사랑의 소멸은 동화 속에 등장한 세 공주만 해당되는 얘기가 아니다. 주변을 둘러보면 어렵지 않게 발견할 수 있다. 관계는 살아 숨 쉬는 생명체와 같아서 계속 유지하려면 에너지도 제때 공급되어야 하고, 역경을 잘 견뎌내야 한다.

많은 커플들이 이 과업에 실패한다. 힘찬 출발을 하면 저절로 모든 것이 해결될 거란 헛된 희망을 품고 두 사람의 관계에 에너지를 공급하는 일을 등한시한다. 또는 익숙함에 무뎌지거나 게으름에 굴복한다. 현실의 무게는 때로 인생의 가장 소중한 가치를 마치 사치인 것처럼 궁지로 몰아넣는다. 이렇게 첫 마음을 약화시키는 이유는 하나씩 늘어가고, 그 마음을 지켜야 할 이유는 점점 더 약해진다.

∞

영원히 사랑하겠다던 맹세도 힘을 잃고 사랑을 지켜내는 데 실패한다. 시간이 갈수록 사랑 대신 다른 것들이 삶의 중심이 된다. 사랑보다 더 중요한 것이 늘어갈수록 남은 사랑은 초라해진다. 맹세의 증거로 내걸린 그 많은 사랑의 자물쇠들도 사랑을 끝까지 지키지 못한다. 그 자물쇠로는 사랑을 가둘 뿐이다.

수많은 담벼락 위에 새겨 넣은 연인의 이름과 맹세는 또 어떤가? 죽는 날까지 '서로만 바라보다, 먼 훗날 우리 같은 날에 떠나자'는 어느 유명 가수의 노래 가사와 같은 약속은 현실에서 끝내 지켜지지 못한다. 그리하여 사랑은 대개 한 시절의 운명을 누리다 사라진다.

자기기만

"무언가를 믿고자 소망하고,
그것이 진실임을 간절히 바라고
그것에 기대고
그것이 더 낫게 느껴지면
우리는 그 믿음을 위해 기꺼이 스스로를 속인다."
… 마거릿 애트우드, 《그레이스》 중에서 …

다른 사람을 기만하는 사람은 그 진술이 거짓임을 알지만, 기만당하는 사람은 그 말이 거짓인 줄 모른다. 그러나 자기기만에서는 자신이 기만하는 사람인 동시에 기만당하는 사람이라, 대체로 기만이 일어나고 있다는 사실을 깨닫지 못한다.

A에게는 예쁘고 인기 많은 여자친구가 있다.
그는 지인들에게 여자친구 B가 다른 남자와 만나는 것을
목격했다는 제보를 가끔 받았고, 실제로 그 증거와 흔적도
발견했지만 애써 여자친구가 자신에게 충실하다고,
그럴 리 없다고 믿고 있다.

우리는 때로 절망적 상황에서도 희망의 끈을 놓지 않고, 관계라는 역할극에서 기대와는 다른 현실에 실망하지 않으려고 기꺼이 자기 자신과 상대방을 속인다.

이 사례에서처럼 상대방의 부정행위를 인정하고 싶지 않아서 주변에서 보내는 경고와 위험 신호를 무시하거나 상대방의 행동을 합리화하기도 한다. 그러나 이와 같은 자기기만은 급성 진통제처럼 잠깐 현실을 잊게 할 뿐이다.

∞

자기기만은 심리적으로 직면하기 어려운 상황을 회피함으로써 일시적인 위안을 얻을 수 있지만, 자신이나 상대방의 결점이나 한계를 인정하지 못해 왜곡된 사고, 잘못된 의사결정으로 이어지기도 한다. 더 나아가 정서적·신체적 학대를 당하면서도 자신이 얼마나 위험한 상황에 처해 있는지를 인식하지 못한다. 결국 계속되는 자기기만은 자신을 객관적인 현실과 진실로부터 유리시키고, 상대와의 건강한 관계를 무너뜨린다.

사실 자기기만은 불편한 진실이나 고통스러운 경험으로부터 자신을 보호하려는 욕구에서 비롯된다. 그래서 많은 사람이 생존과 적응, 마음의 평화를 위해 오늘도 '자기기만의 주문'을 외우며 불편한 상황을 회피하려 든다.

'내가 이렇게 간절하게 바라니, 그 바람이 현실을 만들어내리라.
다른 많은 사람이 그렇게 해내지 못했다고 하더라도,
나의 간절함은 특별하기에 다른 결과가 있을 것이다.'

이 주문은 잠시 괴로운 마음을 다독이지만 관계의 근본적인 문제를 직시하지 못하게 한다. 왜 우리가 이렇게 되었는지, 어디서부터 잘못되었는지 돌아보지 못하게 한다. 자신을 솔직하게 드러내지 못하는 관계에서는 진정한 사랑이 자랄 수 없다. '성장촉진제'를 맞은 과일처럼 겉으로는 그럴듯해 보일지 몰라도 속이 텅 비어 있거나 우리 몸에 해롭다.

∞

그렇다면 자기기만의 함정에서 벗어나기 위해서 어떻게 해야 할까?

객관적인 자기 인식과 성찰 능력을 키우는 것이 중요하지만, 자기기만은 모든 사람을 평생 따라다닌다. 자기의 생각과 감정, 행동을 정직하게 객관적으로 바라보는 능력이 있어도, 마음은 언제든 자신을 속일 수 있다. 따라서 이때는 '우리는 누구나 자기기만을 하는 존재'라는 사실을 인정하는 데서 시작하는 것이 좋다. '내가 옳다' '상대가 틀렸다'는 생각이 들 때마다 혹시 '내가 과장하고 왜곡하고, 조작하고 있지는 않을까?'라고 자문할 수 있어야 한다. 그래야 자기기만의 함정에서 빠져나올 수 있다.

내가 틀렸다는 사실을 받아들이기 힘들 때는 어김없이 자기기만이 주도권을 쥐려고 한다. 관계에 집착하거나, 헤어지기 싫어서 상대의 부당한 요구나 대우를 참아야 할 때도 마찬가지다. 자기기만의 순간을 성찰의 기회로 삼음으로써 진정한 자아를 찾고자 노력할 때 좀더 안정적이고 만족스러운 관계를 맺을 수 있다.

사고형 T와 감정형 F가 만날 때

"자기야, 나 아픈 것 같아."

만약 연인에게 이런 말을 들었다면 어떻게 말해주는 편인가?

F(감정형) : 어디가? 어쩌냐. 힘들겠다!

T(사고형) : 병원을 가. 내과를 가야 하나, 가정의학과를 가야 되나?

당신은 F처럼 연인이 감정적으로 공감해주기를 바라는 쪽인가, 아니면 T처럼 이성적으로 적절한 해법을 제안해주기를 바라는 쪽인가? 사람마다 성품, 성격, 취향, 가치관, 에너지 방향, 활동성, 인식 방식, 판단 근거, 선택 방식 등이 제각각이다. 그래서 서로를 이해하고 소통하는 데 어려움을 겪는다. 나와 다른 상대의 말과 행동을 이해할 수 없어서 오해하기도 한다. 그래서일까? 세상에는 '나는 네 마음이 궁금해'의 여러 버전이 유행했다 사라지고 새로운 유형이 등장하기를 반복한다.

한때 혈액형 유형론이 이끌고 타로, 별자리 운세, 점술 등이 주도했던 연애 운명론을 요새는 '마이어스-브릭스 유형 지표Myers-Briggs Type Indicator', 즉 MBTI가 선두에서 이끌고 있다.

∞

10년 전에 연예기획사 아티스트와 연습생들에게 MBTI를 활용하여 자기와 상대의 성격 유형을 좀더 쉽게 이해하는 법을 가르친 적이 있다.

생각이 앞서는 사람(T)과 감정이 앞서는 사람(F)이 있다. 미리 다 결정하는 사람(J)과 좀더 두고 보자는 사람(P), 보이는 대로 받아들이는 사람(S)과 직관으로 그 이면을 들여다보려는 사람(N)도 있다.

에너지가 타인에게 향하는 사람(E)과 자신에게 향하는 사람(I)도 서로 구분된다. 이들은 무언가에 주목하고 반응하는 방식, 추구하는 것이나 받아들이는 것에서 차이가 나기 때문에 행동도 다르게 나타난다. 이때 성향이 확연하게 구분되는 사람들도 있고, 그 차이가 그리 뚜렷하지 않은 경우도 있다.

외향형(E)과 내향형(I)의 구분은 이제 꽤나 익숙해졌지만, 어떻게 보면 외향형인지 내향형인지를 구분하는 것보다 실제 대화를 할 때는 사고형(T)과 감정형(F)의 구분과 같이 의사결정 성향, 즉 상대가 무엇을 중요하게 생각하는지 이해한다면 갈등은 피하고 좀더 원만한 대화를 할 수 있다.

∞

앞서 소개한 사고형(T)과 감정형(F)의 반응은 그 성향 차이를 잘 보여준다. T는 특정 사건에 대한 결과를 중시하고 해결책을 찾는 것에 집중하기 때문에 상대도 같을 거라고 가정해서 그런 대답을 한 것이다. 그런데 공감과 과정에 집중하는 F에게는 T의 말이 기계적이고 냉담하게 느껴질 수 있다. T의 입장에서도 소통이 어렵긴 마찬가지다. 다음과 같은 대화가 그런 예다.

T : 오늘 나 이런 일이 있었어.

F : 헐 진짜? 힘들었겠다.

T : 나 또 저런 일도 있었어.

F : 헐 정말? 힘들었겠다.

T : (얘 뭐야?) ….

T에게 F의 위로는 대책 없는 가식으로 느껴지기 쉽다. 오히려 자신의 말에 집중하지 않고, 그저 적당히 장단만 맞춰주고 있다고 생각할 수 있다.

∞

우리는 사람들의 성격이 다 같을 수 없다는 걸 안다. 하지만 실제 대화를 나눌 때는 이 사실을 자주 잊어버린다. 부모가 자식을 자신의 분신으로 생각해 그들의 생각과 감정을 자기식대로 규정하려고 하면 아이들이 반항하기 시작하듯, 연인이나 배우자들도 상대의 생각과 감정을 자기 마음대로 단정하는 일이 흔히 일어나는데, 이것이 반복되면 갈등은 피할 수 없다.

상대가 자기처럼 생각하고 느끼고 행동하지 않는다고 실망하지만, 사실 그 사람은 자신답게 행동했을 뿐이다. 그리고 그 사람을 선택한 나는 그 사람의 지극히 고유한 특징이자 개성에 끌렸던 것이다. 설사 서로의 공통점 때문에 좋아했다고 해도, 모든 것이 다 똑같을 수는 없다.

∞

어느 정도 비슷하고 서로를 이해하고 시작된 사랑도 막상 함께 생활하고 경험하는 과정에서는 두 사람의 크고 작은 차이 때문에 오해와 상처가 생기는 것을 막지 못한다.

T의 논리와 이유가 합리적인 삶의 방식이라는 긍정적인 측면

도, F의 다정함과 공감 능력이 위안과 애정을 피부로 느끼게 해준다는 매력적인 측면도 때로는 서로에게 불편하게 느껴질 수 있다.

우리의 뇌는 다른 사람을 이해하는 일에 너무 많은 에너지를 쓰고 싶어하지 않는다. 이를 심리학에서는 '인지적 구두쇠cognitive miser'라고 표현하는데, 우리 인간은 에너지를 써가며 깊이 생각하기를 싫어해서 최대한 에너지를 적게 쓰는 문제해결 방식을 선호한다는 것이다.

예상하지 못한 것이나 기존에 처리하던 방식과 다른 것은 정신에너지를 더 많이 소비시키는데, 신나고 즐거운 일이 아니라면 뇌는 이것을 귀찮게 여긴다. 따라서 공감을 기대했는데 해답을 듣게 되거나, 해답을 함께 찾고 싶었는데 위로만 하려는 반응을 접하면 내 마음을 있는 그대로 이해받지 못한 것 같아 답답할 수 있다.

∞

물론 다른 모든 유형론과 마찬가지로 MBTI도 한계가 있다. 대립되는 성향이 모두 나타나거나, 둘 다 분명하지 않은 사람도 많고, 한 성향이 상대적으로 조금 더 우세한 사람과 아주 두드러진 사람이 같은 유형으로 묶여버릴 수 있다.

잘 알려진 대로 MBTI는 인구통계학적 분석 결과를 바탕으로 나온 성격 유형검사이며, 이런 유형검사는 바넘효과Barnum effect의 영향을 받을 가능성이 있다. 즉 상반되는 성향들의 차이를 실증적으로 검증하지 못할 뿐만 아니라, 보편적으로 적용되는 성격 특성을 "다 내 얘기 하는 것 같은데"라며 자신만의 개별적인 특성으로 받아들이는 사람들을 통제할 수 없다. 하지만 이러한 심리학적 도구를 활용하여 자신과 상대에 대한 이해를 높이는 데 도움을 받는 정도까지야 어떠랴.

다만 MBTI를 활용할 때는 16가지 유형 중 내가 어디에 속하고, 그 특징이 어떤 것인지를 외우려고 하기보다 각각의 상황에서 어떤 성향이 두드러지게 나타나는지를 알아차리는 정도로 활용하는 게 좋다.

∞

사랑하는 사이일수록 상호 이해와 소통이 중요하며, 그것이 자주, 순조롭게 이어져야 한다. 소통이 활발하면 대개는 이해와 공감도 향상된다. 하지만 서로의 입장과 이해가 너무 다른 사람들끼리는 대화가 늘어날수록 오해가 쌓이고 관계가 틀어지기 쉽다. 자기 입장만 고수하고, 상대를 제압하려는 욕구가 크기 때문이다.

소통을 통해 행복해지려면 먼저 상대가 자신과는 다른 생각과 의도를 가진 존재임을 인정해야 한다. 사랑하는 사이니까 모든 것을 말할 수 있고, 다 포용할 수 있을 거라는 생각은 실현 불가능한 희망사항일 뿐이다. 오히려 사랑하는 사이라 말하기 어렵고, 받아들이기 힘든 것들이 더 많다. 다른 사이였다면 문제가 되지 않을 말도 사랑하는 사이라서 상처가 되고 갈등을 일으킬 수 있다.

상대의 약점이나 잘못에 대해서 말하는 것은 결코 쉬운 일이 아니다. 그렇다고 싸움이나 갈등을 피하려고 무조건 동조하는 것도 바람직하지 않다.

"나는 다르게 생각해."

"나는 그 의견에 반대야."

상대에게 반대 의견을 솔직하게 말할 수 없는 관계는 건강하지 않은 상태다. 자신의 솔직한 감정과 의견을 상대에게 전할 수 없는 관계에서는 두 사람이 함께 성장하고 발전할 수 없다.

있는 그대로, 솔직하게, 편안하게 말하는 것이 중요하지만, 이때도 고려해야 할 덕목이 있다. 혹시 내 욕구와 욕망, 편의만을 상대에게 강요하고 있는 건 아닌지, 그리하여 내가 몰랐던 상대의 민감한 부분에 상처주고 있는 건 아닌지 살펴보는 조심성이 필요하다.

사고형과 감정형이 대화할 때 서로의 차이를 알고자 하는 노력은 오해를 줄이고 상대에게 한발 다가가는 행위이다. 그것은 상대를 배려하는 친절한 마음이기도 하다. 다정한 말로 표출되는 친절은 좋은 인간성의 상징일 뿐 아니라, 심리적 유능함의 증거다. 짝에게 가장 먼저 그 친절을 실천해보자.

사랑의 능력과 성품

"온화한 인품보다 더 사랑스러운 것은 없으며,
그보다 더 애정을 불러일으키는 것도 없다."
… 17세기 스페인 철학자 발타자르 그라시안 …

사랑이 준비 없이 찾아오더라도 그 사랑이 지속되는 데는 꾸준한 노력이 필요하다. 그래서 사랑을 할 때도 그 사람의 성품이 중요하다. 인생에 비바람이 몰아치고 파도가 밀려들 때 그 고비를 이겨내고 서로를 지켜낼 수 있는 것은 서로를 배려하는 두 사람의 됨됨이, 즉 성품이 기반이 되기 때문이다. 성품은 그 사람의 행동의 기본적인 방식을 결정하는 핵심이다.

그래서 상대를 만날 때 어떤 기질과 성격을 가진 사람인지, 그 성품을 알려고 노력하는 것은 중요하다. 좋고 나쁘고의 문제만이 아니라, 서로 받아들이기 쉬운지도 중요하다. 하지만 사랑에 빠진 사람은 이성이 감정에게 주도권을 내준 상태여서 상대를 무조건

관대하게, 우호적으로 평가하기 쉽고, 상대의 성품을 확인하기보다 '내가 좋아하는 사람이 나쁜 사람일 리 없어'라고 단정한다. 그렇게 누구나 다 '정말 좋은 사람'과 연애를 시작한다. 아니, 그렇게 믿는다.

∞

하지만 내가 좋아한다고 해서 다 좋은 사람은 아니다. 따라서 시간을 두고 상대를 천천히 알아가는 것이 중요하다.

상대의 성품 또는 인격은 어떻게 알 수 있을까? 신체 사이즈처럼 자로 재면 수치를 바로 알 수 있는 게 아닌 데다, 단번에 상대의 심리를 파악하는 검사도 없다. 그 어떤 심리검사도 한 사람의 성품과 인격을 다 알아내지 못한다.

그런데 사랑에 빠진 사람들은 상대를 다 안다고 장담하거나 몰라도 별 상관없다는 식으로 반응한다. 물론 사람을 속속들이 아는 것은 불가능에 가까운 일이다. 하지만 이런 태도는 마치 "내가 누구를 사랑하는지 알 바 아니다"라고 말하는 것과 같다.

∞

우리는 대체로 사랑이 시작되는 것에만 열중해 그 순간의 황홀감에 빠져 있고 싶어하지, 그 사랑이 어떻게 지속될지에 대해서는 별로 신경 쓰지 않는 경향이 있다. 두 사람이 서로 무엇을, 어떻게 나눌 것인가를 잘 알지 못한다면 그 사랑은 먼 거리를 달릴 수 없다.

"우리는 사랑하는 사람의 악을 쉽게 상상하지 못한다."

철학자 피에르 아벨라르는 이런 말을 남겼다. 우리는 자기의 연인이나 배우자를 기꺼이 좋게 포장하고 꾸미려고 한다.

"그 사람 눈이 착해 보였어."

보이는 것만으로 상대를 무작정 믿어버린다. 상대에 대해 잘 알아보지 않고, 자신의 가정과 상상의 나래만으로 상대의 인격과 성품, 기호와 가치관을 구성하고 내용까지 채워 넣는다. 자신이 그린 그림 속에 상대를 좋은 사람으로 그려 넣고 나면 잘못된 행동을 보더라도 이렇게 변호한다.

"그때 상황이 좀 안 좋았을 뿐이고, 만나보면 나쁜 사람은 아니야."

그러나 아무리 사랑하는 사람이라도 나쁜 행동에 대해서는 바르게 인식하고 문제제기를 할 수 있어야 한다. 상대를 구제불능의 인간으로 낙인찍고 당장 관계를 그만두라는 소리가 아니다. 상대가 한 행동이나 말이 잘못된 것이라면 그의 변화와 성장을 위해서라도 사실 그대로 판단하고 알려주어야 한다. 나쁜 짓을 했는데 그럴 리 없다고 애써 부정하거나, 잘못이 아니라고 고집하는 것은 자기기만에만 그치지 않는다. 상대의 나쁜 행동이 나를 향할 때 그것이 얼마나 큰 불행을 불러올지는 상상하기도 싫은 일이다.

∞

상대의 잘못을 보고도 '내가 사랑을 쏟으면 달라질 거야'라고 생각하기도 한다. 그러나 '사랑으로 상대를 바꾸겠다'는 것은 잘못 내린 처방이다. 사람의 습관은 너무나 견고해서 쉽게 바뀌지 않는다. 스스로 각성하기 전까지는. 차라리 평생 그걸 감당하면서 살겠다고 결심하는 편이 용기 있다고 할 것이다. 하지만 그 또한 무모하고 불필요한 도전이다. 사랑에 빠진 동안은 해낼 수 있을 것 같아도 나중에는 버텨낼 힘이 없고, 실제로 성공하지도 못한다.

이때 반드시 점검해야 할 중요한 한 가지는 상대의 잘못이 우연이나 실수인지, 아니면 의도되거나 습관인지를 파악한 다음 내가 받아들이고 감당할 수 있는지 고민해야 한다. 사랑에 대한 과도한 믿음이 결국엔 자신을 궁지로 몰아넣을 수 있으니 말이다.

"인생의 행복은 생각의 질에 달려 있다."

마르쿠스 아우렐리우스의 이 교훈은 생각의 수준에 따라 행복이 결정된다는 것을 말해준다. 인생에 대해서만이 아니라, 사랑에 대해서도 같은 교훈을 적용해 이렇게 말할 수 있겠다.

"사랑의 질은 두 사람의 성품과 적합성의 수준에 달려 있다."

사랑은 아드레날린 폭발로 일어난 흥분과 열망만이 아니라, 서로 잘 어울리고 조화를 이루는 두 사람이 좋은 의도와 행동을 계속 주고받을 때 지속될 수 있다. 시간을 두고 신뢰와 이해를 천천히 쌓아가는 커플은 그렇지 않은 커플들보다 역경을 더 잘 견뎌낸다. 무엇보다도 서로 존경하고 지지하고, 서로를 탓하는 일이 적다. 성숙한 성품은 그렇게 중요하다.

편견과 확신

"편견은 내가 다른 사람을 사랑하지 못하게 하고,
오만은 다른 사람이 나를 사랑할 수 없게 만든다."
… 영화 〈오만과 편견〉 중에서 …

사람들은 어떤 태도나 견해를 결정하고 나면 잘 바꾸려 하지 않는다. 앞서 언급한 것처럼 우리 두뇌는 이미 결정된 의견과 태도를 다시 바꾸는 것을 에너지 소모가 많은 일로 여겨 싫어하기 때문이다. 그래서 고집과 편견, 선입견이 생기면 바꾸거나 되돌리기 어렵다. 호감을 강하게 느낀 상대가 나에 대한 편견과 선입견으로 부정적 혹은 긍정적 확신을 가지면 두 사람의 관계는 풀어가야 할 숙제가 많아진다.

우리가 불편을 꺼리고 편한 것을 추구하는 과정은 늘 비슷하다. 보고 싶은 것만 보고 기억하고 싶은 것만 기억하는 선택적 지각과 선택적 기억을 통해 원래의 생각을 지키려고 한다.

“당신이 원한 게 이게 아니었어?”

“당신 이런 사람 아니었잖아.”

고정관념은 어김없이 우리의 분별력을 떨어뜨린다. ‘상대에 대해서 잘 안다’ ‘상대의 감정을 읽고 있다’는 확신이 오히려 상대를 제대로 알아가는 과정을 방해하기도 한다. 취향과 관심사 등을 알면 상대를 이해하는 데 도움이 되지만, 문제는 단편적 정보만을 근거로 상대의 의사를 자의적으로 성급하게 넘겨짚을 때 편견과 오해가 생길 수 있다는 점이다.

코끼리 코만 만져봤다고 코끼리에 대한 편견이 생기는 것이 아니다. 코가 코끼리의 전부라고 확신할 때 편견이 생긴다. 코만 만져보고 코끼리 전체가 뱀처럼 몸이 길 거라는 결론을 내리고 그걸 확신하는 것이 문제다.

∞

제인 오스틴의 소설 《오만과 편견》은 우리가 사람을 만날 때 얼마나 편견에 빠지기 쉬운지를 엘리자베스와 다아시 두 주인공을 통해 잘 보여준다. 이 소설의 원래 제목은 ‘첫인상First Impressions’이었다고 한다.

남녀의 첫인상은 상대에 대한 판단을 좌우하기 일쑤다. ‘첫 모습’이 아니라 ‘첫인상’이라고 한 것 자체가 이미 판단이 내려졌다는 의미를 담고 있다. 엘리자베스는 다아시의 첫인상이 오만하다고 느낀 뒤, 그 판단을 증명이라도 하려는 듯 그의 거만한 특징을 계속 찾아낸다. 그렇게 그녀의 마음속에서 다아시는 더욱 더 오만하고 무례한 사람이 되어 간다. 그에 대해 잘 안다는 인식을 유지하려는 '인지 일관성cognitive consistency'을 추구한 결과다.

∞

엘리자베스만이 아니다. 우리도 대체로 믿고 싶은 것만 믿으려다 선입견과 편견의 함정에 빠진다. 사람들은 평소 인지적 편향에 따른 판단 오류를 자주 하는데, 그중 인지부조화가 대표적인 사례다. 쉽게 말하면 한 사람이 두 가지 모순되는 인지 요소를 동시에 품게 될 때 나타나는 인지적 불균형 상태가 바로 인지부조화인데, 이러한 불균형은 심리적 긴장을 유발하기 때문에, 이를 해소해 자기정당성을 찾고 심리적 안정을 얻는 과정에서 보통 비합리적인 판단을 하게 된다.

그렇다면 인지부조화나 편견을 줄이기 위해서는 어떻게 해야 할까?

이때는 자신의 생각이 틀릴 수도 있음을 인정하는 소양과 자신의 의견이 잘못되었을 때 사실에 맞도록 조정할 수 있는 능력이 중요하다. 혹시 "내가 이 분야의 전문가니까"라는 독단적인 생각이 올라올 때는 철학자 칼 포퍼의 말을 기억해보자.

"우리가 옳다고 하는 만큼 우리는 언제나 틀릴 수 있다.
언제 틀릴지는 알지 못한다."

∞

한 사람을 평가할 때는 겉으로 드러나는 모습뿐만 아니라 인격과 성품, 성향과 기호, 기질과 가치관 등 많은 요소를 두루 살펴야 한다. 이런 요인들은 오래 알고 지내도 알아차리기 쉽지 않고 사고 과정도 복잡하게 작동한다. 그렇기 때문에 속단과 오만함을 경계하고 서로 알아가는 시간을 가지면서 계속 배워나가야 한다.

어느 한순간의 행동이나 모습이 그 사람의 본성에서 비롯된 것인지, 상황이나 맥락 때문인지를 구분하려면 판단력이 정확해야 하고, 다양한 상황 속에서 경험도 쌓아야 한다. 판단의 정확성을 높이기 위한 자기성찰도 필요하다.

∞

정보 인식 과정에서는 늘 오류가 일어날 수 있다. 예를 들어 학계나 국회의원들의 논문의 경우 자신의 가설과 맞지 않는 일부 데이터를 버리거나 조작 혹은 유리한 방향으로 재해석하려는 유혹에 빠져 가설에 신뢰성을 떨어뜨리는 일이 있다.

어느 날 우연히 상대가 많이 먹는 모습을 봤다고 하자. 그날따라 배가 너무 고픈 상태여서 많이 먹은 건지, 원래 먹는 양이 많은지는 한 번 봐서는 알 수 없다. 심지어 자기가 먹는 양을 기준으로 상대의 양이 많고 적음을 단정하는 오류를 범하기도 한다.

원래 키가 큰 것인지, 작은 사람들과 있어서 커 보인 것인지도 잘 판단해야 한다. 그 사람이 운전하는 페라리가 그 사람 것인지, 발레파킹을 하는 중인지, 친구 차인지, '카푸어'로 파산 직전인지 알 수 없다. 그 차를 훔치는 중인지도 모른다.

평가하는 사람의 컨디션에 따라서도 판단이 수시로 바뀔 수 있다. 미국의 가석방 전담 판사들은 배가 고플 때 가석방 신청을 훨씬 더 많이 기각시키고, 배가 부를 때는 허가하는 수가 많아진다고 한다. 결국 열린 마음으로 다양한 가능성을 인정하지 않은 채 선입관을 가진다면 누구나 쉽게 오류에 빠지게 된다.

우리는 끊임없이 자신의 판단, 가치관, 신념을 의심하고 돌아봐야 한다. 자신의 부족한 생각이나 관점을 개선하지 않고, 새롭게 배우는 것을 게을리한 수많은 사람들이 '진정한 짝을 만나 사랑할 기회'를 놓쳤다.

편견은 상대를 오해해서 사랑하지 못하게 만들고,

오만은 상대가 다가오는 것을 막아서 사랑할 기회를 잃게 한다.

허위 합의 효과

우리는 하나의 세상에 살지만 한편으론 저마다 다른 세계 속에 살고 있다. 마치 평생 하나가 되지 못하는 철길의 두 선로와 같다. 그래서 아무리 가깝고 친밀한 관계라도 두 사람의 생각이 완전히 일치할 수는 없다. 다만 접점이 있으면 서로 만나고 통하는 것이 생길 뿐이다.

그런데 서로 다르다는 것을 생각하지 않고 상대도 나와 똑같이 생각하고 느낄 거라 지레짐작하는 사람들이 있다. 자기 생각이 사회의 보편적 기준이라 여기면서 상대도 그 생각에 동의할 거라 단정해버리는 '허위 합의 효과false-consensus effect'에 빠진 것이다. 그래서 상대가 사랑에 대해 어떻게 생각하는지 알려고도 하지 않고 당연히 자신과 같은 생각을 할 거라고 확신한다.

∞

에로스, 아가페, 루두스, 마니아, 스토르게, 프래그마와 같은 사랑의 유형론으로 잘 알려진 심리학자 리 로스는 1977년에 대학생들을 상대로 '우리가 다른 사람의 생각과 판단을 어떻게 추측하는지'에 관한 실험을 진행했다.

"샌드위치는 조스 식당에서!"

그는 이렇게 적힌 광고판을 앞뒤에 걸고 30분간 교정을 돌아다닐 의향이 있는가를 학생들에게 물었다. '샌드위치 광고판 실험'의 결과는 대략 반반이었다. 추가 실험에서 자신의 수락 여부에 관계없이 얼마나 많은 다른 사람이 수락할 것인지 예측하도록 요청한 결과, 광고판을 걸고 돌아다닐 수 있다고 답한 학생들 중 약 62%가 다른 사람들도 수락할 것이라고 예상한 반면, 하지 않겠다고 반응한 학생들은 30% 정도만 수락할 거라고 답했다. 수락과 거부에는 각자의 이유가 있겠지만, 다른 사람들의 선택도 자신들과 같을 거라 짐작한 결과가 흥미로웠다.

이 실험에서는 자신과 다른 의견을 가진 사람을 비정상적이라고 판단하는 경향이 있다는 사실도 밝혀졌다. 스스로 아직 젊고 생각이 열렸다고 자부하는 학생들도 자기와 생각이나 의견이 다른 사람을 '정상이 아닌 사람'으로 낙인찍기까지 했다.

흔히 우리는 다툼이나 언쟁을 할 때 자기주장의 정당성을 내세우기 위해 이렇게 말하곤 한다.

"길을 막고 지나가는 사람에게 물어봐. 누구 말이 맞는지…."

자기가 옳다는 확신이 강할수록 상대는 '틀린 사람'이 되기 때문에 더 신랄한 비난과 공격도 서슴지 않는다. 그래서 자기가 아는 게 전부인 줄 아는 사람은 세상을 '자기의 생각'이라는 비좁은 감옥에 가두고 억지를 부린다. 자기가 검사가 되고, 재판관도 되는 놀이에 빠져 희생자를 물색한다. 남들을 부당하게 기소하고, 부당한 판결에 부당한 형량까지 뒤집어씌운다. 이런 사람과 짝이 되면 평생 고통의 감옥에서 벗어나기 어렵다.

∞

자기의 행동을 합리화하고, 상대에게 자신의 기준을 강요하려는 시도들은 하나같이 자기의 생각이 더 보편적이라고 믿는 허위합의 효과에 이끌리고 있는 것이다. 그 결과 사랑하는 사람의 이야기를 듣지 않고 자기 마음대로 단정해버리는 일이 벌어진다.

"그걸 꼭 말로 해야 알아?"

이와 같은 말로 표현과 대화의 중요성을 사뿐히 무시할 때, 여기에는 자기 편의성이 숨어 있다. 말하지 않아도 상대가 내 기분과 마음을 알아서 척척 맞춰주기를 바라는 태도 말이다. 그러나 말하지 않으면 상대의 마음을 정확히 알 수 없다. 상황과 맥락에 따라 매번 달라지는 마음을 어떻게 눈치껏 헤아리겠는가.

오히려 내 마음을 매번 맞추라는 '마인드 리딩Mind reading'은 수많은 인간관계를 파탄으로 내몰고, 오해 속에 사랑을 소멸시켜 왔다.

∞

상대의 생각을 확인하지 않고, 들어보려고도 하지 않는 태도처럼 관계를 메마르게 하는 것도 없다. 소통이 잘 안 되는 관계에서는 사랑이 자라지 못하고 쉽게 시들어버린다. 다른 사람의 감정과 내 감정을 똑같이 중요하게 생각할 때 비로소 건강하고 조화로운 분위기가 형성될 수 있다.

사랑은 상대를 다 안다고 자만하는 대신 "나는 당신 마음이 정말 궁금해"라고 간절하게 물어봐주고, 상대의 요구에 진심으로 귀 기울일 때 비로소 그 뿌리를 내린다.

애착

"사랑이 있는 곳에 고통이 있다."

… 스페인 속담 …

A는 남들이 보기에 자주적이고, 당돌하고, 자신감이 넘쳤다. 하지만 친밀한 관계에서는 권위적이고, 고집스러우며, 독단적인 모습을 보이곤 했다. 남자친구 B의 일거수일투족을 통제하려고 하고, 그가 자기 요구를 안 들어주거나 연락이 안 될 때면 극도로 불안해했다.

그녀의 심리적 배경을 살펴보니 빚 문제, 여자 문제 등을 일으키고 무책임하게 가정을 버린 아버지에 대한 깊은 원망과 불신이 자리하고 있었다. 동시에 혼자서 가족을 돌봐야 했던 어머니에 대한 안쓰러운 감정과 그 하소연을 받아줘야 했던 버거움, 미래를 걱정해야 했던 어린 시절의 경험이 있었다. 그것이 A로 하여금 강박적으로 안정적인 관계를 추구하게 했고, 불안한 상황이 싫어서 모든 것을 확인하고 통제해야 직성이 풀리는 성격을 형성하게 했다.
남자친구 B는 A의 아픔을 잘 알기에 안심을 시켜주려고 그녀의 요구를 열심히 따라주었지만, 어떤 말과 행동도 A에게 확신을 주지 못했다.
남자친구 B가 갈수록 자신과의 관계를 답답해하고 숨 막혀 한다는 것을 알게 되자 A의 불안감은 극도로 커졌고, 그럴수록 관계는 악화되었다.

사람은 원래 좋아하는 대상에게 애착을 느끼는데, 서로가 원하는 정도와 방식이 다르면 불만족과 원망이 생긴다. 그에 더해서 잘못된 애착이 형성되기도 한다.

여기서 잘못된 애착이란 적절하지 않은 대상에 대해서, 적합하지 않은 방식으로, 적절하지 않은 정도로 애착이 형성되고 행동으로 이어지는 것을 말한다. 원하지 않는 상대에게 집착하는 스토킹, 연예인에게 너무 과도하게, 상대가 좋아하지 않는 방식으로 집착하는 '사생팬'도 잘못된 애착에 열중하고 있는 셈이다.

∞

애착은 우리의 삶과 관계 형성에 없어서는 안 되는 요소이다. 유

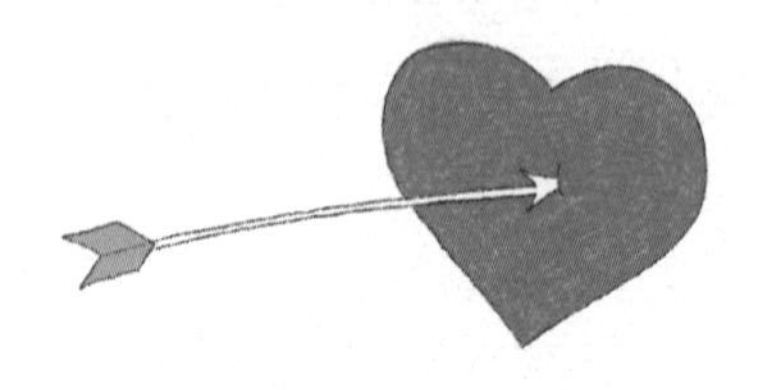

애착은 집착과 구분되어야 한다.
심리학에서도 집착은 사랑과 관심을 받지 못해
손상된 애착을 가리킨다.
정상적인 애착의 모습이 아니라고 본다.
이 둘은 '착(着, 붙다)'이라는 하나의 뿌리에서 시작되었지만,
그 결과는 아주 다른 모습이 될 수 있다.

아기나 아동기에만 중요한 것이 아니라, 인생 전반에 걸쳐 매우 중심적인 역할을 한다. 소중한 인간관계는 실제로 모두 애착을 목적으로 하고, 애착을 강하게 느끼는 관계다.

누군가와 가깝다고 느끼는 것, 서로 밀착된 느낌은 인간의 가장 근본적인 욕구이자 다른 사람과 함께 살도록 만들어진 인간의 생존 조건이다. 또한 애착 방식은 사랑하는 대상에 대한 태도와 두 사람의 관계를 유지하고 채워가는 방식을 결정하는 핵심이 되기도 한다.

∞

덴버 대학의 신디 하잔과 필립 셰이버는 영유아가 양육자와 정서적 유대를 발달시켜가는 과정을 설명한 존 볼비의 애착 이론을 모델로 로맨틱한 사랑에서의 애착 이론을 세웠다. 그들에 따르면 연인이나 부부 사이의 애착 형성이 양육관계에서의 애착 형성과 유사하며, 어린 시절 부모와의 관계에서 형성된 애착 방식이 성인이 된 뒤에도 인간관계에 지속적인 영향을 미치게 된다.

성인 애착 유형은 연인에 대한 행동 패턴을 설명해주기 때문에 상대의 애정 방식을 파악하는 데 큰 도움이 된다. 덕분에 다정다감한 사람, 냉담한 사람, 이랬다저랬다 하는 사람의 심리를 더 잘 파악하고 이해할 수 있다.

애착 유형은 크게 세 가지, 즉 불안형, 회피형 그리고 안정형으로 나뉘고, 회피형과 불안형이 혼합된 혼돈형이 있다.

1. 불안형

상대에게 관심과 애정을 받지 못할까봐 불안해지는 경향이 지속된다. 끊임없이 사랑을 확인받으려 하고 상대방의 행동이나 말에 과도하게 민감하다. 불안감이 상대에 대한 집착으로 이어지는 경우를 양가형이라고도 한다.

2. 회피형

다른 사람들과 지나치게 가까워지는 것이 불편하다. 자신만의 영역을 확보하는 것을 중요하게 생각하고, 상대방과의 관계가 너무 가까워졌다고 느끼면 거리를 두려 하고 무의식적으로도 상대방을 밀어내려고 한다. 이들의 애정 표현은 인색하고 냉담해 보일 수 있다.

3. 안정형

가장 안정적이어서 연애하기에 좋은 대상으로 평가된다. 상대방에게 버림받을까봐 두려워하지 않고 상대방과의 거리가 지나치게 가까워질까봐 부담스러워하지도 않는다. 대체로 자존감이 높고 상대방과의 관계에서도 긍정적인 태도를 보이며, 갈등이 일어나도 불안이나 회피보다 해결 중심으로 문제를 처리한다.

4. 혼돈형

회피형과 양가형의 혼합유형이다. 회피형처럼 타인과 거리를 두면서도 한편으론 양가형처럼 친밀감을 갈망한다. 폭발과 매달림을 반복하는 혼란 속에서 혼돈형의 삶은 잦은 대립과 정서적 불안정으로 점철되어 있다. 여러 종류의 중독에도 취약한 편이다.

∞

덴버 대학 연구팀의 연구 결과에 따르면 안정형 애착이 가장 일반적(50%)이고, 회피형(25%), 불안형(20%), 혼돈형(5%) 순이다. 사랑과 애착 경험은 개개인의 인간관계에 대한 신념에 영향을 미치고, 그 사람이 맺는 관계에도 영향을 주게 된다.

이름에서도 알 수 있듯이 안정형이 관계를 맺을 때 가장 바람직한 유형이다. 회피적이거나 불안, 양가성 애착인 사람들과의 애정관계는 여러 가지 문제들이 발생할 가능성이 훨씬 높다.

∞

사랑을 하면 온통 상대에게 신경이 쏠려 작은 자극에도 예민해진다. 이때 숨어 있던 심리적 배경들이 드러나는 경우가 많다. 성장과정에서 사랑받지 못한 것에 대한 불만족으로 상대에게 사랑을 갈구하다 집착하기도 하고, 사랑받지 못할까봐 두려워하기도 한다.

이때 사랑은 상대를 받아들이며 자신이 어느 정도까지 마음을 열 수 있는지를 확인하는 동시에, 자기 자신을 꺼내 보면서 그런 자신을 어떻게 대우하고 행동하는지를 살피는 일이기도 하다.

누군가 날 사랑해주면 나 자신을 사랑하는 것이 훨씬 쉬워진다. 하지만 그건 이미 어느 정도 자신을 사랑하고 있는 사람에게만 해당된다. 외로움은 다른 사람으로 채울 수 있는 허기가 아니라 다른 사람과의 관계를 통해 스스로 해결해야 하는 우리 삶의 숙제다. 따라서 언제나 나는 나 자신을 사랑하는 첫 번째 사람이 되어야 한다.

동반자 소양

"다른 사람들에게 관심이 없는 사람은
인생을 사는 데 굉장히 어려움을 겪게 되고,
다른 사람들에게도 해를 끼치게 된다.
인간의 모든 실패는 이런 유형의 인물에게서 비롯된다."
… 알프레드 아들러, 《다시 일어서는 용기》 중에서 …

상대에 대해서 모든 것을 다 파악하고 시작하는 사랑은 없다. 상대에 대해서 얼마나 알고, 자신을 또 얼마나 알려주느냐는 만남의 기간과 비례하는 것도 아니다. 서로 적극적으로 알아가는 노력과 알려주려는 태도가 더 결정적이다.

하지만 상대에게 잘 보이려는 데만 열중하고, 정작 그 상대를 잘 알아보려는 노력은 잘 하지 않는 경우가 많다. 자기의 위대한 사랑이 모든 문제를 해결할 수 있을 거란 착각과 자만이 순간적으로 현실을 장밋빛으로 채색한다. 그렇게 두 사람의 사랑은 세상에 굳건히 서 있지 못하고 뜬구름 속을 헤맨다.

∞

상대에게 "다 괜찮아. 아무것도 바라지 않아"라고 하며 모든 것을 혼자 다 짊어지려는 사람도 있다. 그러나 두 사람이 함께 세워야 할 기둥을 한쪽에서만 감당하려 든다면 그것은 위태로울 수밖에 없다.

'사귄다'는 것은 함께 경험하면서 대화와 소통을 통해 각자가 어떤 사람인지, 서로에게 어떤 사람이 될지를 알아가는 과정이어야 한다. 서로에 대해서만 아니라 다른 사람들에게 어떻게 행동하는지도 잘 살펴봐야 한다. 연애할 때는 상대에게 잘하기 때문에 타인을 대하는 모습에서 그 사람의 진짜 성품을 파악하는 게 좋다.

∞

서로에 대한 강한 끌림 외에 서로가 어떻게 살아왔는지, 어떻게 살고 싶은지도 잘 알아야 한다. 그렇지 않으면 바로 그 '알려지지 않은 부분들'이 사랑의 수명을 결정하는 일이 벌어진다.

"오늘 기분이 안 좋아서 저러는 거겠지."
"본의가 아닐 거야. 알고 보면 착해."

이런 식으로 상대를 느슨하게 보면 연인의 진짜 모습은 볼 수 없다. 수많은 단서를 놓치고, 성품과 인격, 습관과 사고방식을 보여주는 행동들을 간과하게 된다.

과연 내 연인은 좋은 사람일까? 아니면 나쁜 사람일까?

∞

사랑하는 사람의 성향과 소양 중에는 직업인으로서, 사회인으로서의 소양도 중요하지만, 함께 살아갈 사람으로서의 소양, 즉 동반자 소양을 파악하는 것이 중요하다. 상대만이 아니라 자신의 동반자 소양도 객관적으로 파악하고 있어야 한다.

동반자 소양을 점검할 때는 상대의 의사소통 능력과 배려심, 매너와 감정조절 능력, 친절함과 공감 능력, 성실성과 팀워크, 상호성과 정직성, 개방성 등을 눈여겨봐야 한다.

혹시 지금 좋은 사람을 만나고 있는지 궁금하다면 심리학에서 폭넓게 사용되고 있는 아래 내용을 참고해 체크해 보자. 5개 이상 해당된다면 좋은 사람을 만나고 있다고 할 수 있다.

□ 만나면 즐겁고 행복한 기분이 드는 사람

□ 부정적인 상황에서도 긍정적인 요소를 찾아낼 줄 아는 사람

□ 나를 불안하게 하지 않고 신뢰를 주는 사람

□ 자신의 감정이나 속마음을 가볍게 꺼내서 이야기하는 사람

□ 내 성장을 응원하고 돕는 사람

□ 어려운 일이 있을 때 의지할 수 있는 사람

□ 함께할 미래에 대해 이야기하는 사람

□ 서로 의견이 다를 때 반대 의견을 말할 수 있는 사람

한편 남녀관계 전문가로 널리 알려진 바바라 디 앤젤리스와 같은 대중심리학자는 다음과 같은 여섯 가지 특성들을 파트너에게서 찾아볼 것을 권한다.*

1) 개인적 성장에 대한 결심

2) 감정을 유연하게 받아들이는 태도

3) 성실성

4) 성숙함과 책임감

5) 높은 자존감

6) 인생에 대한 긍정적 태도

각각의 특성에 '나는 (그 사람은) _____을 가진 사람인가'라고 대입해보자. 이것이 상대를 이해하는 절대적인 기준은 아니더라도 서로를 이해하고 판단하는 기준 중 하나로 삼아볼 수 있다.

* Barbara DeAngelis, 《Are you the One for Me?》(A Dell Book)

∞

살다 보면 함께 잘 지내는 동반자 소양이 관계에 얼마나 중요한지 깨달을 기회가 수시로 찾아온다. 여기서 '함께'란 말은 상대방의 문제를 대신 해결해 준다는 것이 아니라, 곁에 머물면서 같이 느끼고 겪어내고 해결책을 같이 고민하면서 더불어 성장해나간다는 의미다.

함께 있기 위해 상대가 어떤 노력을 하는지도 잘 지켜봐야 한다. 스트레스가 쌓이고 원하는 것을 얻을 수 없는 상황에서 상대가 어떻게 대처하는지, 기본적으로 다른 사람을 도우려는 의지가 있는지 등이 동반자 소양을 보여주는 대표적인 단서다. 자기 기분만 생각하고 일이 잘 안 풀리면 화를 내거나 대화를 피한 채 상대에게 무언의 처벌을 하는 사람은 좋은 짝이 되기 힘들다.

∞

그렇다면 나 자신의 동반자 소양은 어떨까? 우리는 흔히 나를 가장 잘 아는 사람은 나 자신이라고 생각하지만, 실제로는 자기기만에 오염되거나 스스로에 대해 실제보다 과대평가하기 쉽다. 실제로 인간은 자신에게 매우 관대해서 근거 없이 자기 능력이 '평균 이상'이라고 믿는 경향이 있다는 연구 결과가 있다.

이 연구보고서에 따르면 60% 이상의 대학생에게서 자신이 상위 10%에 든다고 믿는 '워비곤 호수 효과Lake Wobegon Effect'가 나타났다.**

워비곤 호수는 미국의 풍자작가 개리슨 케일러의 작품에 나오는 가상의 마을이다. 이 마을 사람들은 모두 스스로 평균보다 잘생기고, 힘이 세고, 똑똑하다고 믿는다. 이처럼 자신이 다른 사람에 비해 더 괜찮은 사람이라고 믿는 태도를 '워비곤 호수 효과'라고 부른다.

실제로 우리는 스스로 믿는 것처럼 그렇게 착하지도, 똑똑하지도, 너그럽지도, 유머가 넘치지도, 섹시하지도, 많은 책을 읽거나 예술에 관심이 많지도, 정의롭지도 않다. 전혀 그렇지 않다고 할 수는 없지만, 자신이 생각하는 것만큼 훌륭하진 않다. 그리고 그래도 괜찮다.

∞

누구에게나 상대를 알고 자신을 아는 일은 결코 쉽지 않다. 상대에 대한 환상과 자신에 대한 착각이 정확한 판단과 이해를 어렵게 한다. 그러나 이런 사실을 알고 나면 겸허해질 수 있고, 한걸음 물러나 객관적으로 판단하려 노력하게 된다.

상대와 자신의 동반자 소양을 알아보고 서로에 대해 상대에게

** 마이클 셔머, 《스켑틱 : 회의주의자의 사고법》 (바다출판사)

알리기도 해야 하지만, 실제로 함께 지내보지 않고서는 제대로 알 수 없는 것들이 있다. 그저 생각으로만 잘 맞을 것 같다, 잘 지낼 것 같다고 짐작할 뿐이다.

"이런 느낌은 처음이야."
"지금까지 너처럼 열렬하게 사랑한 사람은 없었어."

겉모습에 반하고 추측과 느낌에 휘둘리다 보니 순간의 감정을 근거로 판단하고 결정한다. 물론 함께 지낸다 해도 상대가 작정하고 속마음을 감추고 속이려 든다면 끝끝내 상대를 제대로 알지 못할 수도 있다. 그렇다 해도 서로에 대해 더 알려고 노력하는 마음과 행위는 소중하다. 그 노력만큼 상대를 이해하게 되고, 그만큼 더 배려하면서 관계의 깊이를 더하게 될 테니까.

∞

사랑은 자기 자신 이외의 인간을 온전히 받아들이고, 자신을 내어주는 일이다. 그 사랑 앞에서 우리는 어떤 모습으로 마주하고 함께해야 할까? 겸손한 마음으로 최선을 다해 사랑 속에서 살려고 노력해야 한다. 매 순간 그렇게 하지는 못하더라도 꾸준히 그런 마음으로 상대를 대해야 한다. 그것만이 내 인생에 고맙게 찾아와준 사랑에 대한 예의라고 할 수 있다.

사랑의 자격

"내가 만약 이전부터 사랑에 대해 잘 알고 있었다고 해도
가슴앓이나 고통을 피하지는 못했겠지만
적어도 애정결핍이나 불필요한 우울증으로
그토록 에너지를 낭비하고 내 능력을 불신하며
스스로를 깎아내리지는 않았을 것이다."
… 벨 훅스, 《사랑은 사치일까》 중에서 …

사랑이 떠난 뒤에야 알게 되는 것들이 있다. 사랑할 준비가 되어 있지 않은 채 맞이한 사랑은 너무 서투르고 힘겨운 것이었음을. 미처 몰랐거나 해결하지 않고 미뤄둔 우리 안의 열등감과 우울감이 사랑을 갉아먹고, 결국 후회하며 상처받으니 말이다.

"나는 왜 이렇게 부족할까?"

"너는 왜 그것밖에 못해?"

관계가 지속될수록 설레는 감정보다 걱정과 위기감, 평가를 빈번하게 경험한다. 사랑받을 자격을 갖추려고 계속해서 에너지를 소모하지만, 돌아오는 것은 좌절뿐이다.

그러나 타인이 나를 어떻게 평가하든 내가 지닌 고유한 가치는

변하지 않고, 우리는 존재 자체로 사랑과 존중을 받을 자격이 있다. 관계에서는 이런 믿음의 토대가 얼마나 견고한지가 중요하다.

∞

그러나 우리 대부분은 사랑하는 데 익숙하지 않다. 또한 우리는 사랑하는 방법도 제대로 배우지 못한 채 점점 더 사랑을 두려워하고, 점점 더 위축되어 사랑을 키워가는 것도 어려워한다.

어디서부터 시작해야 할까? 낭만적 환상은 잠시 내려놓고 '사랑의 기술'을 익히는 데서 시작해보면 어떨까? 그래야 나와 맞는 사람을 알아볼 수 있고, 상대의 마음을 얻는 법을 배울 수 있으며, 내 불안에 빠져서 사랑이 멀어지게 하지 않을 수 있다.

사랑의 기술은 어떻게 연마해야 할까? 그 최고의 훈련 장소는 바로 나 자신이다. 다른 사람과 관계 맺기 전에 가장 먼저 해야 할 일은 내 마음을 돌보면서 자신을 아껴주고 살피는 경험을 해야 한다.

스스로를 사랑하는 사람이 다른 사람도 사랑할 줄 안다. 다른 사람에게서 얻고자 하는 것과 같은 사랑과 존중을 자기 자신에게 먼저 베풀어야 그것이 경험으로 축적된다.

나 자신부터 사랑해본 사람만이 다른 누군가를 사랑할 역량이 생긴다. 그렇게 사랑할 준비를 마치고 난 다음에야 누군가와 함께하는 사랑의 모험을 떠나야 한다. 나를 좋아하는 것은 나와 상대에게 줄 수 있는 가장 큰 선물이다.

만약 사랑에 자격이 있다면 그건
자기 자신에 대한 사랑을
포기하지 않는 이에게만 허락된
선물임을 기억하자.

누군가 날카로운 말들로 상처를 주려 해도
포기하지 않고 앞으로 나아가는 이들만
맞이할 수 있는 특별한 경험이다.

All or Nothing의 함정

"나는 좋아하면 전부를 주지만, 한번 마음 떠나면 그걸로 끝이야!"

연인에게 화끈하게 잘해주는 사람들이 있다. 상대가 원하는 것은 무엇이든 아낌없이 다 해준다. 오직 사랑을 위해 사랑한다는 것은 얼마나 멋진 말인가. 하지만 그러다 갑자기 차가워진다. 상대에 대한 모든 관심을 꺼버린다.

이런 사람의 사랑은 All or Nothing, 즉 전부 아니면 전무이다. 좋아할 때는 전부를 주고, 마음이 떠나면 야속하리만치 뒤도 돌아보지 않고 돌아선다. 이런 All or Nothing의 태도는 소설, 영화, 드라마, 뮤직비디오에서 꽤나 멋지고 그럴듯한 모습으로 그려지는 소재다. 사랑의 감격과 흥분은 연인들에게 무난한 것, 평범한 것을 거부하고, 더 깊고, 더 강하고 더 극단적인 것에 열광하도록 부추기니 말이다.

> 그녀는 정열적이고 뭔가 불균형한 듯해도 저에게는 헌신적인 사랑을 보여주었고, 제가 이제껏 알았던 여자들과는 전혀 다른 매력을 갖추고 있었어요. 어쨌든 전 그녀와 사랑에 빠지게 되었고 결혼을 했습니다. 안타깝게도 수년간 계속되었던 사랑의 열기가 식었을 때 전 깨닫게 되었죠. 그녀와 저는 아무런 공통점이 없다는 사실을요. 내 사랑은 점차 식어갔어요. 그녀의 사랑도 같이 식어갔으면 좋았으련만.

아서 코난 도일의 《소어 다리 사건》* 주인공처럼 자기가 보고 싶은 것만 보고 사랑에 빠졌다가 그 환상이 깨지면 그 위에 세워진 사랑도 무너져 내린다. 처음에 미친 듯이 몰입하고 열정을 쏟아붓다가 애정이 사라진 뒤 옴짝달싹할 수 없는 순간이 오면 그때는 어

* 찰스 디킨스 외, 《기묘한 이야기 : 영미 사계절 단편소설집》 (푸른사상)

떻게 할 것인가.

∞

선택의 상황에서 All or Nothing은 내 의지가 얼마나 굳은지, 절대 굽히지 않는 결연함을 표현할 때 사용된다. 대개 긍정적인 의미로 해석되지만 "이게 아닌 것은 존재할 수 없다!"라는 독선적인 의도도 담겨 있다. 즉 자신과 상대를 너그럽게 받아들이지 못하고 상황에 유연하게 대처하지 못하는 것이다.

우리가 삶에서 마주하는 다양한 상황에서 일어나는 일들은 흑과 백, 이것 아니면 저것, 모 아니면 도, 전부 아니면 전무와 같이 이분법으로 구분되지 않을 때가 많다. 특히 심리학에서는 All or Nothing의 태도는 인식 왜곡의 대표적인 유형이다.**

"나는 저 사람 아니면 절대 안 돼!"
"영원히 저 사람만을 사랑할 거야!"

이와 같은 극단적인 상황만을 가정하면 계속 흑백논리로 사고하게 되고, 이런 사고방식은 자꾸만 불안을 자극한다.

** Aaron T. Beck, 《Love is Never Enough》 (Harper Perennial)

사랑할 때 이런 태도는 '쿨한' 것이라기보다 어쩌면 자기 보호에 가깝다고 할 수 있다. 사랑에 빠지면 상대에게 잘해주다가 그 사랑을 돌려받지 못하면 자신의 마음을 어떻게 할지 몰라서 혼자 상처를 받는 것이다. 가끔은 All or Nothing 대신 Something is enough, 즉 '그만하면 충분하다' 또는 '적당히'로 충분할 때가 있다. 조금만 지나고 보면 그 사랑이 한때의 감정일 수도 있고, 착각일 수도 있기 때문이다. 따라서 너무 좋아서 전부였다가 한 가지가 마음에 안 들어서 전무로 갈 게 아니라 "사람이 다 좋을 수 없지" 하는 열린 마음도 필요하다.

∞

보통 All or Nothing의 태도는 객관적이고 통합적 사고를 하지 못하는 데서 비롯된다. 통합적인 사고가 가능해야 한 가지 현상을 여러 관점에서 다양하게 판단할 수 있는데, 자신이 몰입하고 있는 한 가지 관점으로만 사람과 세상을 보다가 뜻대로 안 되면 갑자기 그 대상에게 냉담해져버리고, 얼마 지나지 않아 다른 대상에게 같은 행동을 반복한다.

"전부가 아니라면 다 필요없어."
"내 전부를 줄 테니, 당신의 전부를 내놓아요."
"난 너에게 내 전부를 줬어. 이제 내게는 아무것도 없어."

∞

자신이 가진 모든 것을 상대에게 '올인'하는 것이 진실하게 사랑하는 방법이라고 믿는 사람들은 사랑이 전부고 삶의 유일한 목적이니 결과가 어떻게 되든 자신을 다 바치는 것이 사랑이라고 여긴다.

과연 이것이 순수한 사랑이고, 진정한 사랑의 모습인 걸까? 그렇지 않다. 이것은 순수한 사랑과는 거리가 멀고 스스로에게 도취된 사랑이라 할 수 있다. 관계로서의 사랑을 무시하고 일시적인 감정에 취해 자신을 불태워버린다. 함께 걸어가며 더불어 성장하는 동반자의 길도 가기 어렵다. 그래서 도취적인 사랑은 항상 미숙한 사랑의 영역에 머문다.

∞

사랑은 두 사람이 두 날개로 함께 나는 것이다. 둘의 속도와 움직임이 비슷해야 원만하게 비행할 수 있다. 한 사람이 두 몫을 감당하며 날갯짓을 하는 것이 아니라 너와 내가 각각이면서 또 같이 움직일 때, 생의 가장 빛나는 순간을 낱낱이 경험할 수 있다. 절망에서 희망, 기쁨에서 슬픔, 즐거움에서 권태, 충만함에서 상실감 그리고 퇴행에서 성장까지 온전하고 충만하게.

이때 두 사람이 함께한 과정과 감정, 시간은 의미가 있다. 모두가 버릴 것 없는 소중한 추억이고, 우리 삶의 일부가 된다.

사랑의 방정식

"있는 그대로 너를 사랑해."

이 말을 연인에게 들으면 부족한 내 모습까지 사랑해주는 것 같아 행복해진다. 그러나 있는 그대로 상대를 사랑하려면 먼저 '있는 그대로'를 알아야 한다. 상상 속에서 상대를 지어내고, 자기 마음대로 조작하지 않아야 한다. 그래야 상대를 진짜 있는 그대로 사랑할 수 있다.

∞

수많은 심리학자, 정신과 의사, 정신분석학자, 생리학자들이 사랑이 어떻게 시작해서 어떤 과정을 겪다가 어떻게 변화하고 이별하는지를 연구하고 있다. 이에 대한 수많은 이론과 모델 중에 미국 예일 대학교 심리학과 교수였던 로버트 스턴버그의 '사랑의 삼각형 이론'*이 있다. 사랑의 삼각형은 친밀감intimacy, 열정passion, 헌신commitment의 세 꼭짓점을 가진다.

삼각형은 세 꼭짓점을 이은 도형이라서 꼭짓점의 위치에 따라 면적, 높이, 빗변, 각도 등이 달라진다. 친밀감, 열정, 헌신 세 요소가 어느 정도인지에 따라서 사랑의 형태와 크기가 달라진다는 뜻이다. 꼭짓점이 하나라도 부족하면 삼각형이 만들어질 수 없는 것처럼, 세 요소 중 하나라도 빠지면 온전한 사랑이 되지 못한다. 사랑의 세 꼭짓점으로 사랑의 상태 또는 모양을 설명하면 다음과 같이 여덟 가지가 나온다.**

— 사랑이 아닌 것nonlove : 세 가지 요소가 모두 없는 관계. 단편적인 대인관계 대부분이 여기에 해당함.
— 좋아함 / 호감liking : 친밀감의 요소만 있는 경우.
— 도취성 사랑infatuated love : 열정만 있는 경우. 친밀감과 헌신이 없기 때문에 갑자기 생겨났다가 갑자기 식어버릴 수 있음.

* Robert J. Sternberg & Michael I. Barnes, 《The Psychology of Love》 (Yale University Press)
** 〈네이버지식백과〉 사랑의 삼각형 이론 (시사상식사전, pmg 지식엔진연구소)

— 공허한 사랑empty love : 친밀감과 열정이 없이 헌신의 요소만 있는 사랑.
— 낭만적 사랑romantic love : 친밀감과 열정은 있는데, 헌신이 없는 사랑.
— 우애적 사랑companionate love : 상대에 대한 열정은 식었으나, 친밀감과 헌신의 요소는 있는 사랑.
— 허구적 사랑fatuous love : 헌신과 열정의 요소는 있으나, 친밀감이 없음. (열정적 팬덤이 여기에 해당함)
— 성숙한 사랑consummate love : 가장 이상적인 형태의 사랑으로, 친밀감과 열정과 헌신의 결합으로 이뤄져 있음.

∞

친밀감, 열정, 헌신은 각각 특별한 가치와 의미가 있다. 어느 하나만이라도 상대와 나눌 수 있기를 바라는 사람도 있겠지만, 그건 여전히 사랑이 되기엔 부족하다.

세 가지 구성요소가 모두 있다는 것만으로도 충분하지 않다. 형식적 조건이 달성된 것에 불과하다. 세 요소가 제 기능과 역할을 잘 해내면서 관계 안에 온전히 자리 잡아야 성숙한 사랑이 될 수 있다. 삼각형에 불균형이 있더라도 부족한 부분을 채워가는 방향으로 진행되면 성숙한 사랑으로 나아갈 수도 있다.

누구는 친밀감을 더, 누구는 열정을 더, 또 누구는 헌신을 더 하는 식으로 저마다 그리는 사랑의 삼각형 모양은 달라질 수 있다. 대상에 따라서도 사랑의 모양이 달라진다. 서로 비슷한 모양, 비슷한 크기의 삼각형일 때 연인은 함께 행복해질 확률이 높다.

∞

스턴버그는 "사랑은 결코 모호한 감정이 아니다"라고 말한다. 사랑은 삶을 관통하는 것이기에 매우 구체적으로 경험되며, 삶의 모든 요소와 영향을 주고받는다는 것이다.

사랑의 삼각형은 시간의 흐름에 따라서도 변화한다. 이전에 약했던 친밀감이 두터워지면서 열정이 커지기도 하고, 헌신이 높아지면서 사랑이 달아오르는 일들이 일어난다. 물론 그 반대도 있다.

최고점에 다다른 삼각형의 크기는 그 후에 점점 작아진다. 물론 그 최고점이라는 것이 커플마다 다르며, 작아지는 속도도 마찬가지다. 어떤 커플은 아주 더디게, 어떤 커플은 눈에 띄게 빠른 속도로 바뀐다. 사라지는 것이 아니라 줄어드는 변화이겠지만, 이때 헌신이라는 요소가 확고하게 버티고 있으면 그 관계는 굳건하게 유지될 수 있다.

∞

서로의 마음에서 이 세 가지가 확인되지 않는다면 두 사람은 사랑을 그저 흉내 내고 있는 것인지도 모른다. 두 사람의 사이에는 사랑이 아니라 '사랑이란 이름의 환상'이 자리 잡고 있을 가능성이 높다.

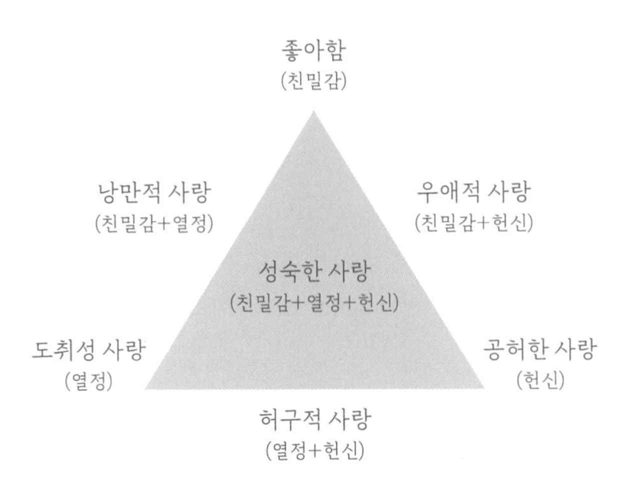

로버트 스턴버그의 사랑의 삼각형 모형

헌신, 열정, 친밀감, 이 세 요소는 결코 단순하지 않다. 수많은 행동과 시간과 말들이 각각의 요소를 채워야 한다. 또 그것이 전부도 아니다.

한 그루의 나무가 자라고 꽃피고 열매를 맺는 데 빛과 물과 흙이란 기본적인 요소만이 아니라 온 우주의 에너지가 필요하듯, 연인 간의 사랑에는 세 요소 말고도 더 많은 것이 담겨야 한다. 상상과 희망만으로 사랑이 꽃피는 일은 없다. 세상 모든 일이 그러하듯이.

희생과 헌신의 차이

우리는 사랑을 위해 희생하는 것을 숭고하다고 생각한다. 그래서 자신에게 돌아오는 것이 없어도, 심지어 모진 결과가 오더라도 상대가 잘 되기를 바란다. 상대의 기쁨이 자신의 기쁨이라 여기며, 기꺼이 상대의 고통을 대신 짊어지려고 든다. 표면적으로는 그렇다.

하지만 그 내면 깊은 곳을 들여다보면 자신의 희생을 상대가 알아주기를 바라는 내적 열망이 있다. 희생은 보상이나 대가와 한 쌍이다. 그래서 상대가 나의 희생을 당연시하며 알아주지 않으면 금세 상대를 미워하고 원망하는 마음이 생긴다. 바로 그 순간 나는 '희생자'가 된다.

A의 연애는 늘 희생적이었다. 항상 상대에게 맞추려고 하고
시간과 돈을 아낌없이 쏟았다. 그런데도 번번이 차이며
연애가 끝이 났다.
이번에도 A는 B에게 물심양면으로 최선을 다했다. 실제로
B는 A를 만날 때마다 "내가 전생에 나라를 구했나보다.
너 같은 사람을 만난 걸 보면"이라며 진심으로 고마워했다.
A의 뒷바라지 덕분에 B는 어려운 관문을 뚫고 승승장구하기
시작했다. B의 번듯한 성공에 A는 누구보다 기뻤지만,
그 기쁨은 오래가지 못했다. 얼마 지나지 않아 B가 결별을
요구했기 때문이다. '사랑이 식었다'나.
이번에도 A는 큰 충격을 받았고, 자신의 사랑은 왜
늘 이런 결과를 낳는지 너무나 답답하고 절망스러웠다.

희생과 비슷한 말 중에 헌신이란 말이 있다. 사랑의 삼각형에 나오는 세 가지 요소 중에 하나다. 헌신은 희생과 달리 자신이 감당할 수 있을 만큼만 주는 것이다. 헌신은 상대에게 요구하거나 기대하는 것 없이 자발적이고 긍정적인 에너지를 사용하는 행동이기 때문에 잉여 감정, 즉 분노와 상처가 남지 않는다.

결국 희생과 헌신은 준다는 의미에서는 비슷하지만 상대에 대한 기대가 있는가 없는가로 구분되며, 결과도 크게 다르다. 희생이

라고 생각한 일은 대가를 바라는 마음인 보상심리를 불러일으키고, 그 기대가 채워지지 않으면 스스로에게 상처를 남긴다. 반면 바라는 바 없이 주체적으로 한 헌신은 혹시 상대에게 보상받지 못하더라도 그 자체로 스스로를 성장시키고 삶에 의미를 남긴다.

∞

만약 연애를 할 때마다 최선을 다해도 늘 이별 통보를 받는 쪽이었다면 곰곰이 생각해보자. 나의 사랑은 상대에게 대가 없이 주기만 하는 것인지, 아니면 잘해주는 진짜 이유가 자신이 받고 싶은 호의와 사랑을 상대에게 제공해서 대리 만족을 느끼려는 것인지.

상대에게 잘해주는 내 행동은 당연히 그 사람을 위해서라고 생각할 수 있지만, 실제로는 자신의 만족을 위해서 그렇게 하는 경우가 흔하다.

"아니요, 저는 진정으로 사랑했어요!"
"그 사람이 나빴어요."

이렇게 반발하고 싶을지도 모르겠다. 하지만 그동안의 희생이 오직 사랑을 위한 것이었다면 내 사랑이 보답받지 못한다고 해도, 그렇게 아쉽고 억울한 것이 없어야 맞다. "내가 너에게 어떻게 해줬는데"라는 생각은 모두 그간의 희생에 대한 '본전'이 아까워서 생긴다. 헌신은 상대에게 뭘 바라고 하는 것이 아니다. 진정한 헌신은 상대에게 사랑을 줄 수 있다는 것만으로도 만족을 느낀다.

∞

일방적 희생으로 얻을 수 있는 사랑은 없다. 하지만 너무 많은 사람이 사랑을 위해 자신을 희생해야 한다고 믿는다. 자꾸 부모가 자식을 사랑하는 것처럼 상대를 사랑하려고 한다.

사랑을 주는 만큼 받지 못하는 사람은 억울하고 서럽다. 사랑을 돌려받길 바라고 노력했는데 주기만 하고 받지는 못하니 상대를 비난하고 원망하게 된다. 그러면서도 마음 한편에서는 그 사랑을 포기하지 못하고 상대의 마음을 돌리고 싶어한다.

"나를 사랑한다면서 왜 날 배려하지 않아?"
"당신의 사랑은 부족해. 나에게 잘해주고 더 노력해야 해."

상대에게 불만을 느낄 때마다 '받은 만큼 날 사랑하라'고 요구한다고 해서 사랑의 감정이 생겨나지는 않는다. 사랑에서 부채 의식은 상대를 옭아매는 족쇄와 같아서 상대가 더 도망치고 싶게 할 뿐이다.

∞

한편 자신은 헌신이나 희생에 담을 쌓았으면서 상대에게 지극한 헌신과 희생을 요구하는 사람들이 있다. 이렇게 상대에게 일방적으로 헌신을 요구하는 사람은 이기적이고 위험한 대상이다. 지금 만나는 사람이 그런 유형이라면 그가 쌓은 제단에서 멀리 달아나야 한다.

그런데도 상대를 떠받드는 것을 사랑이라 믿는 사람은 애초에 있지도 않았던 '두 사람의 사랑'이라는 미신에 자신을 제물로 바치려고 한다. 누구도 사랑의 제단에 제물이 되어서는 안 된다. 일방적이고 강요된 희생은 사랑의 영역에 들어올 수 없으며, 그것이야말로 사랑이 아니라는 가장 확실한 증거다.

인생의 동반자 찾기

"이런 것이 인생이었다.
아무리 신중하게 선택할 줄 아는 사람들이라 해도,
두 사람이 서로에게 전부가 될 수는 없다는 거."
… 도리스 레싱, 《19호실로 가다》 중에서 …

"친절하고 서글서글한 27세 남성이
평생의 반려자를 찾습니다.
이 남성은 잘나가는 사업에 종사하며,
이 방식이 자신과 비슷한 성품을 지닌,
존경받는 집안의 여인과의 만남을 이어줄 것이라 믿습니다."

A Gentleman, about 27 years of age, kind and amiable in disposition, is desirous of meeting with a Partner for Life. The advertiser is engaged in a prosperous business; and trusts that this mode may be the means of bringing him into communication with one of the fair sex similarly disposed, and of respectable family.

이 글은 1851년 영국 〈맨체스터 가디언지〉에 실린 신붓감을 찾는 광고문이다. 한 남성이 매우 진지한 태도로 자신의 신붓감을 찾고 있다고 구인 광고를 낸 것이다. '신붓감 구인 광고'라니 지금 눈으로 보기엔 황당할 수 있지만, 19세기 영국에선 무척이나 존중받았던 방식이다. 그런데 이 광고를 낸 남성은 자기 반쪽을 찾았을까?

∞

오늘날 인생의 동반자를 찾고자 하는 사람들은 자연스러운 만남이나 지인의 소개를 받거나 데이팅 앱 등을 통해 운명적인 만남을 기다리며 그 어려운 인생의 동반자 찾기를 계속하고 있다. 그런데 우리가 찾는 보편적인 '평생의 반려자'는 어떤 덕목을 갖춰야 할까? 우리는 보통 이렇게 말한다.

"무조건 내 편을 들어주는 사람이 있으면 좋겠어."
"평생의 짝을 만나고 싶어."
"내 부족함을 채워줄 반쪽을 만나고 싶어."
"이제는 그만 헤매고 안정감을 찾고 싶어."

우리가 흔히 하는 이런 말들에는 자기의 필요에 의해 상대방을 원하는 욕망이 담겨 있다. 지극히 자연스러운 바람이지만, 이런 바람에만 열중하면 오히려 좋은 짝을 만나는 것을 더 늦추게 될 가능성이 높다. 자기 입장과 자기 욕구를 채우려는 욕심이 앞서면 상대가 자신을 만족시켜줘야 한다는 생각에 갇히기 쉽다.

"사랑받고 싶다면 사랑스러워져라."

고대 로마 시인 오비디우스의 이 말이 외모만 언급한 것은 아니며, 자신이 먼저 사랑받을 모습을 갖춰야 한다는 뜻일 것이다.

구체적으로 '사랑스러워지는 것'이 무엇을 의미하는가에 대한 각자의 생각만큼 사랑에 대한 기대와 연인으로서의 자기 개념을 잘 보여주는 것은 없다. 사랑스러워지는 것이 외적 매력만 의미한다고 생각하는 사람과 성품이나 능력을 의미한다고 생각하는 사람의 사랑은 다르다.

하지만 오래오래 사랑받는 사람이 되고 싶다는 마음은 공통적일 것이다. 그러려면 우리 스스로 먼저 '괜찮은 사람, 괜찮은 동반자, 좋은 친구'가 되어야 한다.

∞

곁에 누군가가 있지 않으면 외로움을 견딜 수 없다는 것은 '사랑보다는 의존'을 바란다는 의미다. 외로운 사람은 쉽게 사랑에 빠질 수 있지만, 결코 사랑을 시작하기 좋은 상태는 아니다. 혼자서도 충분히 자신을 돌볼 수 있고, 사람들과도 잘 지내면서 자기 삶에 만족할수록 '사랑할 사람'을 만날 가능성도 높아진다.

무엇보다 혼자서도 행복을 느낄 줄 아는 사람이 되어야 한다. 행복한 사람이 행복을 나눌 수 있다. 상대가 자신을 행복하게 만들어 줄 거란 기대 속에서 그런 사람을 찾아 헤매는 사람은 자신도 의식하지 못한 사이에 상대에게 부담을 떠안기게 된다.

∞

내 마음이 평화로워서 상대를 편안하게 해주면, 상대와 나눌 것이 많으면, 상대에게 기꺼이 베풀 만큼 마음의 여유가 있으면, 당신을 원하고 당신을 더 좋아하는 사람도 늘어난다.

인생의 동반자는 서로를 이해하고 서로 소통이 잘 되며, 상대의 관심과 안녕에 집중하는 사람들이다. 내가 먼저 든든한 동반자의 자격과 역량을 갖춰야 나와 함께 걷기 원하는 동반자가 나타난다. 그런데도 이렇게 묻는 사람들이 있다.

"그래서 인생의 동반자는 어떻게 찾나요?"

이런 질문을 한다는 것은 아직 누군가의 동반자가 될 준비가 안 되었다는 뜻이다. 여전히 자신에게 필요한 것이 우선이고, 상대에게 '동반자의 역할'을 더 많이 바라는 것이다.

'내가 어떻게 하면 상대에게 최고의 동반자가 되어줄 수 있을까?'

이렇게 스스로 묻고 대답하면서 씩씩하게 걷다 보면 하나둘 동행이 생기고, 어느덧 진짜 인생의 동반자와 함께 걷고 있는 자신을 발견하게 될 것이다.

2부

우리 사랑은 얼마나 지속될까?

너와 나의 적합성

상대의 말과 행동이 이해되지 않고 공감이 안 될 때가 있다. 갑자기 상대가 낯설게 느껴지고, 서로가 아주 다른 존재라는 느낌을 받는다. 그 속내를 좀더 살펴보면 단순히 거리감을 느끼는 것이 아닌, 실망과 함께 상대를 밀어내는 심리적 과정이 진행되고 있을 수 있다. '굳이 애써서 너를 이해하고 싶지 않다'는 것이고, 상대가 자신의 기대와 일치하지 않는 데 대한 불만이 드러나는 것이다.

서로에 대한 불만은 두 사람의 관계에 균열을 만든다. 관계는 서로 얽히고설켜 있는 동시에 수많은 균열로 이루어진다. 그 균열 중 일부는 다시 붙고, 일부는 더 큰 균열이 되기도 한다.

∞

비즈니스 관계라면 원하는 것을 얻기 위해 이해하는 척할 수도 있다. 애써 상대를 이해시키고, 이해하려는 노력도 '업무'로 받아들이면 되기 때문이다. 하지만 연인관계는 다르다.

"네가 도무지 왜 그러는지 이해가 안 돼!"

취향과 기질의 차이는 연인들 사이에서 이런 말을 수시로 끌어낸다. 만약 두 사람 사이에 이런 대화가 반복되고 있다면 관계를 점검해야 할 신호로 받아들여야 한다. 상대를 더 이상 이해할 수도 없고 이해하고 싶지도 않은 상황이 생기면 기분이 상하고 불편한 감정이 커진다. 그다음 단계는 격앙된 목소리로 상대를 비난하게 될 것이다.

이런 말을 듣는 쪽에서도 화가 나기는 마찬가지다. 상대가 자신을 이해하려고도 하지 않고 자신을 문제삼는다고 생각하면 마치 자기 존재가 부정당하는 느낌을 받는다. 상대의 '이해할 수 없다'는 말은 생각이 서로 다르다는 뜻만 아니라, '너는 부족하고 너의 행동은 이해할 만한 수준이 아니다'라는 의미로 받아들여지기 쉽다.

∞

서로의 감정을 끝까지 끌어내 대결 국면으로 치닫는 것만은 막기 위해 하고 싶은 말들을 꾹 눌러 일시적인 평화를 선택할 수는 있지만 '이해할 수 없는 상대'라는 생각은 두 사람의 미래에 의구심과 불안을 촉발한다.

'너무 다른데 우리가 계속 만날 수 있을까?'
'언제까지 내가 참을 수 있을까?'

물론 서로 맞지 않는 사람들도 얼마든지 사랑에 빠진다. 단지 관계를 지속하는 데 실패할 뿐이다. 아무리 사랑의 세레나데가 크고 요란해도 서로가 서로를 견딜 수 없는 단계에 이르면 마치 여름 한 철도 넘기지 못하는 매미의 사랑 같다.

어느 순간 '그래, 우린 애초부터 함께할 수 없는 사람들이었어.' 이런 생각이 들면 그때부터는 잘 안 맞는다는 판단을 뒷받침할 불협화음의 증거들이 눈에 더 분명하게 들어온다. 그리고 서로 안 맞는다는 생각은 함께 행복해질 수 없다는 뚜렷한 신호로 해석된다.

∞

이와 달리 처음부터 아주 잘 어울리는 사람들도 있다. 둘이 함께 있으면 말이 잘 통하고, 서로 기분이 좋아지고, 서로의 이야기가 재미있고, 먹고 입고 마시는 기본적인 취향과 기질도 잘 맞는다. 둘만 그렇게 느끼는 게 아니라 다른 사람들도 그렇게 여긴다.

그렇다면 아주 잘 맞는 커플이 되는 조건은 무엇일까? 많은 심리학자와 연구자들이 찾아낸 관계의 만족도를 높이는 대표적 요소에는 성격과 매력, 인간성, 외모, 생리적 적합성, 가치관, 생활방식 등이 있다. 서로 끌리기만 하는 것이 아니라 서로 적합한 상대여야지 떠나지 않고 곁에 남는다는 것이다.

아무래도 기질이 잘 맞으면 비교적 쉽게 친해진다. 특정 대상과의 적합성이 높다는 것은 다른 경쟁자들을 거부하고 그 사람을 선택하는 특별함의 근거다. 서로가 잘 맞는다고 느끼고, 잘 맞는 경험이 쌓일수록 사랑은 더 견고해진다.

샘 햄버그 박사가 소개한 적합성이란 개념을 사용하면 두 사람이 잘 맞는다는 게 무슨 뜻인지 좀더 분명하게 알 수 있다. 그는 《우리의 사랑은 지속될까? : 커플의 로드맵Will Our Love Last? : A Couple's Road Map》에서 '잘 맞는다'는 의미를 크게 세 가지 차원, 즉 생리적 적합성, 생활방식의 적합성, (감정과 기호, 기분의) 주파수 적합성으로 설명한다.

1. 생리적 적합성 : 성적인 차원의 궁합, 매력에 끌림
2. 생활방식의 적합성 : 경제적 문제를 해결하고, 자원을 활용하는 방식, 먹고 자고 일하고 노는 방식, 가정과 집에 관련된 문제들

3. (감정과 기호, 기분의) 주파수 적합성 : 감정 사이클, 기호와 성향의 차원, 세상을 보고 원하고 대하는 방식

세 차원의 적합성을 살펴보면 두 사람의 미래를 어느 정도 예측해볼 수 있다. 세 차원이 모두 맞지 않는 상대에게는 호감이 생기기 어렵다. 어쩌다가 커플이 되었다고 해도 관계 만족도가 매우 낮아서 오래 만나지 못한다.

'서로 적합하지 않아서' 관계를 이어갈 동력과 이유가 빈약하다는 뜻이고, 그런 관계는 빠르게 소멸할 수밖에 없다. 다만 외로움이 깊거나 상실감을 겪고 있다면 위로받고 의존하고 싶어서 쉽게 누군가를 선택하려 들 수도 있다.

이때 아예 한 가지 차원도 맞지 않으면 관계를 정리하기가 쉽지만, 한두 차원이라도 잘 맞는 커플은 '이러지도 저러지도 못하는 상태'에 빠질 수 있다.

∞

아무리 잘 맞는 짝이라도 모든 것이 다 맞을 수는 없다. 서로 맞지 않는 것이 있을 뿐인데 이를 인정하지 않고 "상대가 자신에게 너무 안 맞춰준다"라고 탓하는 일도 자주 일어난다. 상대의 잘못은 더 크게 보이고, 그걸 찾아내는 것은 자기의 잘못을 찾아내는 것보다 너무 쉬운 일이다.

사람에 따라서 대체적으로만 맞아도 만족하는 경우가 있고, 거의 다 맞고 상대가 잘 맞춰주는데도 작은 것에 불평하고 원망하는 경우도 있다. 그래서 서로 다른 점을 어떻게 받아들이느냐에 따라 그 차이는 사소한 갈등이 될 수도 있고, 이별까지 이어지는 결정적인 원인이 될 수도 있다.

∞

처음 만날 때부터 성격이나 취향이 비슷한 사람에게 끌리는 경우가 있다. 결혼이라는 관점에서 보면 우리는 자신과 비슷한 상대와 훨씬 더 잘 지낸다는 연구 결과가 많다. 자기와 비슷할수록 이해하기가 쉽고, 자원이 효율적으로 사용되며, 함께 공유하는 것이 많아지기 때문이다. 연애 만족도 연구에서도 애인을 자신과 비슷하다고 인식할수록 만족도가 높았다.*

상대의 성격과 취향이 자신과 달라서 끌렸던 사람들도 있다. 이들은 결국 상대에게 끌렸던 그 이유로 헤어지게 되는 경우가 많다. 만날 때 '치명적 매력'으로 느껴졌던 것이 서로를 감당하기 어려운 이유가 되기도 한다.

처음에 상대에게 끌렸던 이유가 헤어짐의 원인이 되는 커플이

* 주현덕, 박세니 〈그들은 어떻게 다른가 : 연애 관계와 연애 태도에서의 성차와 집단 차이〉 (한국심리학회지 : 여성)(2005.10-4)

작가 제인 오스틴은
남녀 사이를 결정하는 친밀감에 대해
《센스 앤 센서빌리티》 중에서
이렇게 말한다.

"친밀감을 결정하는 것은
시간이나 기회가 아니라 기질의 문제다.
누군가에게는 7년도
서로 친해지는 데 충분하지 않을 수 있고,
다른 누군가는 7일이면 충분하고도 남는다."

약 30%에 이른다.**

∞

처음 사랑이 싹틀 때는 상대의 모든 것을 수용하려고 하기 때문에 성격과 취향의 차이가 별로 문제가 되지 않는다. 오히려 그 차이가 서로에게 매력으로 다가오기도 한다. 그러나 관계가 안정기에 접어들면 불과 얼마 전까지 매력으로 느꼈던 그 차이 때문에 충돌이 생긴다. 매혹의 시간은 짧고 후회의 시간은 긴 셈이다.

만약 어떤 연인이 서로 많이 다른데도 오랫동안 잘 지낸다면 그만큼 서로의 차이를 잘 다룰 줄 알고, 배려와 존중으로 노력하고 있다는 뜻일 것이다.

나와 다른 사람을 만났다면 차이를 받아들여 서로 보완하는 관계를 맺을 수도 있고, 기질과 취향이 비슷한 사람을 만났다면 공유하는 즐거움을 누리면서 관계를 이어갈 수도 있다. 결국 선택과 책임은 각자의 몫이다.

** Ayala Malach Pines, 《Falling in Love: Why we choose the lovers we choose》 (Routledge) p.219

손실 혐오 효과

사랑의 실패 또는 사랑의 상실은 엄청난 고통을 불러온다. 사랑하는 사람을 잃는 고통은 팔다리가 잘리는 경험처럼 뇌의 전방대상피질(Anterior Cingulate Cortex, ACC 영역)의 고통 회로를 강타한다. 깊이 사랑했던 이와 헤어진 경험이 있는 사람은 마치 가슴에 '총 맞은 것' 같은 느낌을 경험해본 적이 있을 것이다. 실제로 뇌는 마음의 심각한 고통을 육체의 고통처럼 느낀다.

'지금 이 사람이야말로 천상의 짝'이라고 생각했을수록 상실감은 크고도 깊다. 그런 사람이 '세상에 오직 단 한 명'밖에 없다고 생각하면 그 상실의 상처는 회복 불가능한 것으로 느끼게 된다.

∞

이런 극단적인 상실감을 피하려고 우리 마음에서 심리적 방어 기제가 작동한다. 사랑하는 사람을 잃는 것을 극도로 꺼리게 만들어 그 짝을 지키고, 경쟁자들을 물리치려고 하며, 마음에 들 만한 다른 후보에 눈길을 보내지 않는 상태가 된다. 획득하는 것보다 잃는 것의 가치를 훨씬 더 크게 경험하도록 하는 '손실 혐오 효과Loss Aversion' 때문이다.

여기서 손실 혐오 효과란 어떤 이득이 생길 때의 긍정적 기분보다 같은 양의 손실을 겪을 때 부정적 감정이 훨씬 더 크게 느껴지는 현상을 말한다. 간단히 설명하면 만 원을 얻을 때의 기쁨보다 만 원을 잃어버린 불쾌감이 훨씬 더 강하다는 것이다.

손실에 대한 스트레스는 획득의 긍정적 기분보다 세 배 정도 강하게 느껴진다. 그래서 사람들은 사소한 것을 잃어도, 필요 이상으로 언짢은 감정을 느낀다. 잃은 줄 알았던 것을 되찾게 되었을 때 큰 기쁨을 느끼는 것도 세 배나 강한 손실의 고통에서 벗어날 수 있기 때문이다. 이렇게 손실에 대한 스트레스가 높다 보니 다른 가능성에 눈을 돌리는 것은 위험한 도박처럼 느껴져 본능적으로 꺼리게 된다.

∞

연인과 헤어졌다고 가정해보자. 밤에 잠을 못 이루고, 밥이 넘어

가지 않고, 삶이 무의미하게 느껴지고, 온몸에 힘이 쭉 빠진다. 소중한 것을 잃었다는 생각이 분노와 우울과 상실감을 증폭시키기 때문이다. 사랑을 잃는 크나큰 고통을 피하기 위해 우리는 이미 형성된 관계를 놓치지 않으려고 애쓴다.

그렇지만 이런 노력에도 끝끝내 결별을 선택하는 커플들이 있다. 최근 우리나라에서 결혼한 부부 10쌍 중에 3쌍은 결혼생활을 더 유지하지 못하고 이혼한다는 통계가 있다. 관계 상실의 고통보다 관계를 지속하는 고통이 더 크게 느껴질 만큼 두 사람 사이가 나빠졌기 때문이다. 이들에게 결별은 손실이 아니라 더 나은 삶의 획득으로 느껴지기도 한다. 손실 혐오 효과가 모든 이별에 해당하는 것은 아닌 셈이다.

사랑이 컸던 만큼 헤어지고 나서 고통스러워하는 것은 자연스러운 일이지만, 지나치게 오랫동안 힘들어하는 경우도 있다. 그러나 자기의 상처를 되새김질한다고 사랑을 되돌릴 수 있는 것도 아니고, 사랑의 크기가 입증되는 것도 아니다.

이별은 아쉽지만 차라리 잘된 일일 수도 있다. '안 맞는 짝'이어서 균열이 생긴 것이고, 그 균열을 다시 붙여도 위기와 갈등이 찾아오면 결국 다시 갈라지기 때문이다.

∞

사랑이 끝나면 고통의 시간을 거쳐 '치유의 시간'이 온다. 조급

해한다고 상처가 더 빨리 아물지는 않는다. 상처의 딱지를 빨리 떼면 흉터가 크게 남지만, 충분한 시간을 두고 견디면 흉터도 거의 남지 않게 된다. 그것은 마음의 상처에서도 마찬가지다. 치유의 과정에서 '손실 혐오 효과'를 이해하면 심리적으로 도움이 된다. 그 때문에 상실을 더 받아들이기 힘들었다는 것을 알게 되고, 상대를 미워하는 마음이 필요 이상으로 과장되었다는 사실을 받아들일 수 있다면 이별의 아픔을 좀 더 객관적으로 볼 수 있을 것이다.

혹시 지금 사랑을 잃고 극도로 우울하다면 이렇게 스스로를 위로해보자.

'이 상실의 고통은 과장된 거야. 곧 괜찮아질 거야.'

'새로운 사랑이 지금 나를 향해 오고 있을 거야.'

이런 생각은 상실의 고통에 진통제 역할을 해준다. '두 번 다시 사랑할 수 없다'거나 '평생 내 상처는 지워지지 않을 거야' '그 사람 같은 사람은 다시 만날 수 없을 거야' 같은 근거 없는 비관보다 훨씬 이롭다.

너와 나는 운명일까?

세상에 나와 매우 적합한 연애 상대는 몇 명이나 될까? 천생연분이 될 정확한 수는 평생을 다해도 알 수 없겠지만, 그 수가 한 명이 아니란 것은 확실하다.

이 넓은 우주에 생명체가 존재할 행성이 지구뿐일 리가 없고, 끝없는 우주 어딘가에 다른 생명체가 존재할 가능성처럼 어딘가에 당신과 정말 잘 맞는 짝이 있다는 생각은 지극히 과학적이다.

∞

우주에 존재할 지적 외계생명체의 수를 추정하는 드레이크 방정식Drake Equation을 가져와서 이 지구에서 나랑 '정말 잘 맞는 짝'이 몇 명이나 있을지 계산해보자. 이것은 이성 간의 확률일 뿐이다.

세상에 약 40억의 이성이 존재하고, 한국에만 대략 2,580만의 이성이 존재한다. 그렇다고 그들 모두가 후보가 되는 것은 아니다. 그중 14세에서 65세 인구 1,800만 명 중에서 현실적으로 빈번하게 짝이 되는 나이인 자기 나이±10의 범위, 즉 아래로 열 살, 위로 열 살의 범위에 있는 이성은 그보다 훨씬 적다. 대략 650만 정도인데, 이들이 다 마음에 드는 사람은 아니다. '나이'란 변수만 계산한 것이다.

여기에 샘 햄버그 박사가 말한 세 차원의 적합성과 관련된 여러 변수를 고려하여 적합한 대상의 확률을 100만분의 1로만 잡아도 6~7명의 후보가 나온다. 한 명이 아니다. 가능한 연령대에서 서로 호감을 느낄 확률이 아무리 낮아도 100만분의 1은 너무 가혹하다. 그래서 확률을 1만 명 중 한 명으로 잡으면 600~700명, 10만 명 중 한 명으로 잡으면 60~70명 정도가 된다. 전혀 엄밀하지 않은 어림잡기이지만, 그렇다고 너무 터무니없는 계산이나 가정도 아니다.

∞

하지만 그런 대상을 현실에서 만날 기회는 매우 제한된다. 그들은 전국적으로 퍼져 있고, 대부분은 평생 만날 기회를 얻지 못한다. 〈첨밀밀〉이란 영화의 앞부분에는 운명의 짝인 남녀가 같은 열차의 같은 칸에 타고, 심지어 바로 앞뒤 자리에 앉는다. 하지만 서로 반대 방향을 보고 앉았기 때문에 끝내 서로를 인식하지 못한 채

내리는 장면이 나온다. 그 주인공들은 다른 사건에 얽혀 다시 만나게 되지만, 보통 사람들은 그렇게 기막힌 우연의 기회(같은 열차, 같은 칸, 같은 시간)를 놓치면 다시는 만나지 못한다.

설령 오가다 보게 되었더라도 말을 걸 수 있는 상황이 아니거나, 말을 걸었더라도 대화를 이어갈 수 없는 상황 변수들도 존재한다. 예를 들어 두 사람이 지인의 결혼식 하객으로 만나 서로 인사를 하고 피로연에 참가하는 상황과, 지인의 이혼 법정에서 상대측 친척으로 만나게 되는 상황을 비교해보자. 서로에 대한 첫인상은 아주 다를 수밖에 없다. 누군가를 돕거나 도움을 받으면서 만나게 되는 것과, 싸움이나 시비가 걸린 일에서 만나게 되는 경우도 마찬가지다.

경쟁 업체나 경쟁 팀에 소속된 사람과는 소개팅 상대처럼 이야기를 나누기가 어렵다. 다른 상황, 다른 장소에서 만났다면, 얼마든지 호감을 이어갈 잠재적 '연애 후보자'일 수 있는데 말이다. 긴장되고 경계심이 높은 상황에서 만나다 보니 서로를 알 기회도 없이 그저 스쳐 지나가고 만다.

∞

가까운 곳에 산다고 해서 만남이 이뤄지는 것도 아니다. 같은 건물에 살거나 근무한다고 해서 그 안에 있는 사람을 모두 만나게 되는 것도 아니다. 생활 시간대가 조금만 달라도 마주치지 못할 수 있다. 같은 건물에서도 마주칠 가능성이 매우 낮다면, 같은 지역의 다른 건물이나 아예 다른 지역에 있는 사람들이라면 그 확률이 어느 정도겠는가?

그렇게 낮은 확률에도 불구하고 우리는 서로 다른 지역에 살고, 아예 다른 건물에서 근무하는 사람을 짝으로 만나기도 한다. 누군가의 소개나 어떤 우연에 의해 두 사람의 접점이 생겨서다.

이렇게 따져보면 지금 연인이나 배우자는 엄청난 확률을 뚫고 만난 것이다. 만난 것만도 기적 같은 일이고, 서로가 마음을 열고 서로를 받아들였기에 가능한 일이다.

하지만 아직 사랑이 완성된 것은 아니다. 두 사람이 잘 맞는 짝인가를 확인하는 과정이 남아 있다. 얼마나 적극적으로 자신과 상대를 알려고 노력하는가에 따라서 결과는 아주 달라질 것이다.

그런데 잘 맞는 짝을 만나려면 상대의 무엇에 주목해야 할까?

MC : 어떤 상대를 원하죠?

패널 : 기본적으로 본인의 직업이 있고, 자신의 자동차가 있고, 부모님하고 같이 살지 않는 독립적인 남자를 원해요. 보통 남자를 원하….

MC : 잠시만요, 문제가 있어요. 찾고 있는 남자가 직업이 있고, 차가 있고, 부모랑 살지 않는 남자라고 하는데 그건 참 그렇네요. 그 사람이 진실한 사람인지,

부지런한지, 미래에 대한 계획이 있는지, 신뢰할 만한 사람인지, 목표를 추구하는지, 진지한 관계에 대한 준비가 되어 있는지, 올바른 부모를 보고 자란 사람인지, 자기 여자를 소중히 여기는 사람인지를 봐야 하고, 곤경에 처했을 때 자기 여자를 우선순위에 두는지와 같은, 자상한 사람을 찾아야 해요. 만약 이런 남자를 찾고 있지 않다면, 직업이 있고, 차가 있고, 부모와 살지는 않지만 당신을 사랑하지 않는 남자를 만나게 될 거예요.

패널: (끄덕끄덕).

미국 STEVE TV쇼의 MC인 스티브 하비는 연애 상대를 고를 때 어떤 점을 봐야 하는가에 대해 중요한 점을 지적하고 있다.

사람의 원래 성품과 행동방식, 습관과 가치관을 알아내는 것은 시간이 많이 걸릴 뿐 아니라, 객관적으로 알아내는 것도 상당히 어렵다. 상대의 말에만 의존할 수도 없다. 잘 맞는 짝을 만날 수 있는 매우 희박한 확률까지 생각한다면, 좀더 부지런하게 적극적으로 짝을 찾아보는 노력을 기울일 수밖에 없다.

그런데 가만히 있으면서 운명의 상대가 찾아올 거란 꿈을 꾸고 있는 사람들이 꽤나 많다. 운명의 상대가 자신의 눈앞에 갑자기 영화의 한 장면처럼 나타나거나 '거역할 수 없는 운명'이 나를 그런 짝에게 이끌어줄 거란 헛된 기대를 갖고서 말이다. 많은 이들이 자연스러운 만남을 추구하지만 이는 환경과 우연에 너무 많이 좌우된다. 실제로 수많은 결정적 기회와 행운이 친구의 친구를 통해 이뤄져 왔다.

모르는 누군가에게 다가가려면 많은 위험과 오해를 무릅써야 하고, 용기를 냈다가 무참하게 외면당할 수도 있다. 그만큼 직접 접근하는 것은 성공률이 매우 낮다. 그래서 주위 사람들의 제안이나 도움을 받는 것이 더 나은 기회를 만들 수 있다.

∞

동료나 친구 사이로 만나 상대가 어떤 사람인지 알아보고 연인으로 발전하는 것도 좋다. 적당한 거리에서 겪어보면 상대의 여러 모습을 잘 알 수 있고, 그 토대 위에 사랑이 싹트면 그 관계는 아주 탄탄하다.

누군가를 만나기 시작했다면 앞에서 언급한 상대의 인격, 성품, 습관, 가치관, 기호를 눈여겨보자. 이 요소들은 두 사람의 사랑과 관계를 이루는 뼈대가 된다. 힘든 시기가 와도 이겨내고 견디게 해주는 버팀목이 된다. 우리의 사랑을 아름답게 만들어가는 건 우리 손에 달려 있다. 우리 사랑은 우리 모습을 닮았기 때문이다.

"그냥 내 편이 되어줄 수는 없어?"

연인 또는 부부는 아주 친밀한 관계이지만 서로 아주 많은 상처를 주고받기도 한다. 모르고 상처를 주기도 하지만 알면서 일부러 주는 상처도 있다. 상대의 아픈 곳을 알고 찌르는 것이기에 상처받는 이의 고통은 더 심하고 오래간다.

어려운 문제가 생겼을 때 가족이 내 편을 들지 않고 비난과 책망을 하면 충격이 더 크다. 배신감에 분노가 일어나고, 그로 인한 고통과 상처 때문에 가족이 남보다 못한 존재라고 느껴진다. 이상하게도 남에게는 너그럽고, 여유를 가지고 대하는 사람들도 가족이나 배우자에게는 더 신랄하거나 냉담한 경우가 적지 않다.

∞

정신과 의사 정혜신 박사는 《당신이 옳다》에서 "가족 간에 공감이 힘든 것은 서로가 상대에게 받을 것이 있다고 생각하기 때문"이라고 설명한다. 자기가 먼저 받아야 상대를 받아들이고 공감해주겠다는 태도가 자리 잡고 있어서 먼저 이해하고 공감하려고 하지 않는다는 것이다. 이처럼 과거에 가족에게서 받은 상처는 그 후에 일어나는 일들을 판단하는 데 영향을 준다. 상처가 깊을수록 다른 사람을 받아들일 마음의 자리가 없다.

이에 비해 가족으로부터 "당신이 하는 말과 당신이라는 존재는 늘 옳다"는 인정과 수용을 경험한 사람은 다른 이에게 마음을 열 때 두려움이 크지 않다. 자신의 이야기를 꺼냈을 때 상대가 집중하고 공감하면 자신이 혼자가 아님을 깨닫고, 상처가 어루만져지는 경험을 하게 된다. 마음을 헤아려준 사람에게 마음이 열리고, 서로 더 많은 것을 주고받으면서 스스로 회복력을 되찾게 된다.

∞

무조건적 지지와 수용은 치유의 과정을 열어주는 열쇠지만, 훈련받은 전문가들에게도 쉽지 않다. 공감적 수용이 모든 것을 해결할 수 있는 것도 아니다. 다른 모든 것과 마찬가지로 한계가 존재한다. '무조건'이나 '절대적'으로 표현된다고 해도 사람이 감당해야 하는 것에는 한계와 기준이 필요하다. 특히 항상 자신만 옳다고 하는 사람이나, 연인이나 배우자를 늘 화나게 만들고, 해서는 안 될 행동을 반복하면서 지지와 열중을 요구하는 사람을 상대해야 한다면 더더욱 그렇다.

자신이 어떻게 행동하든 무조건적으로 동의와 지지만을 요구하는 사람이 원하는 상대는 사실 '집사나 하인' 같은 존재다. '자신을 떠받들고 살라'고 요구하는 것과 같다. 일방적인 도움과 의존이 필요한 어린아이처럼 상대에게 무조건적 사랑을 요구하는 사람은 '어른다운 사랑'을 할 능력과 의지가 없다고 봐야 한다.

아이도 조금만 크면 챙겨주지 않아도 스스로 자기가 해야 할 일을 수행한다. 그런데 상대를 부모가 아이 돌보듯 해야 한다면 이는 사랑이 아니다. 두 사람 모두 이런 관계를 허용한다고 해도 문제가 없어지는 것은 아니다. 상대를 의존의 대상으로 이용하는 것과 상대가 계속 의존적인 존재로 남아서 독립할 수 없도록 만드는 것 모두 병적이고 해로운 집착의 일종이기 때문이다.

∞

누군가는 바람직하지 않은 행동으로 위기를 반복적으로 초래하면서 그 책임을 모면하기 위해 상대의 애정을 이용하기도 한다. 심지어는 기만과 배신을 해놓고도 상대에게 긍정과 수용을 요구하기도 한다. 그런 사람도 무조건 지지하고 응원해야 할까?

아니다. 내 삶이 먼저다. 내가 자신의 진실한 모습과 멀어질수록 위험해지고 아프다. 스스로를 먼저 돌보지 않고 다른 사람을 위해 희생하거나 남에게 멋지게 보이려고 자기 모습을 과장하면 문제가 된다. 유명인의 공황장애, 대인기피증, 자살 등의 안타까운 소식은 나답게 사는 것을 잃어버리고 다른 사람의 시선을 지나치게 의식하며 살 때 얼마나 위험해질 수 있는지 짐작케 한다. 내가 원하는 삶이 무엇인지 순간순간 알아차리고, 그렇게 살고자 노력하는 것이 나다운 삶이다.

잡초가 가득하면 꽃이 제대로 자랄 수 없는 것처럼, 관계에서 조종, 강요, 기만, 의존, 소유, 도구화는 사랑을 질식시킨다. 자신을 지키지 못하는 관계는 건강할 수 없다. 그래서 사랑할 때도 알아차림이 필요하고, 당당하게 자기 사랑을 지키려는 용기가 요구된다.

칡나무와 등나무

"사랑이 굶다가 죽는 일은 없지만,
소화불량으로는 자주 죽는다."
… 17세기 프랑스 작가 니농 드 랑클로 …

이 말은 사랑이 부족해서 관계가 끝나게 되는 경우보다 오해와 갈등이 쌓여 사랑이 식고 관계가 끝나는 경우가 많다는 뜻이다.

갈등葛藤이란 칡의 '갈葛'과 등나무의 '등藤'이 합쳐진 말이다. 서로 뒤엉켜서 풀기 어려운 상태를 가리킨다. 갈등은 서로를 인정하지 못하고, 자신과 다른 것을 위해 억지로 양보하거나 포기해야 하는 순간에 생겨난다. 자기와 다른 것을 순조롭게 받아들이는 능력을 타고난 사람은 없기에 서로 다른 두 사람이 결합되는 과정에는 필연적으로 부딪히는 일들이 생기게 마련이다.

∞

각자의 영역을 존중하고 지나치게 의존하지 않으며, 열렬히 사랑하는 능력이 두 사람 모두에게 있다면 얼마나 좋겠는가. 하지만 두 사람이 관계를 이어가다 보면 '각자 따로 해왔던 것들'에 제약이 생겨난다. '함께 살아도 각자 원하는 대로 하면 되는 거 아닌가?'라는 생각은 현실을 모르는 소리다.

결혼한 후에는 각자가 원하는 것이 아니라, 함께 어느 하나만 선택해야 하는 경우가 많다. 자원, 시간, 기회, 여건, 공간, 노력 등이 제한되기 때문이다. 같은 시기에 휴가를 두 번씩 갈 수 없고, 매 끼니 두 가지 주요리를 준비하기도 어렵다. 볼링과 낚시를 동시에 할 수도 없다. 애완동물을 여러 마리 키우면서 독서에 집중하는 것도 매우 힘들다.

∞

기질과 환경, 교육과 체험, 기호와 여가, 신념과 가치관이 서로 다르면 충돌하게 마련이다. 가치관이란 간단히 말해 '어떤 것을 더 중요하게 여기고, 어떤 것은 덜 중요하게 여기느냐'다. 사람마다 다를 수밖에 없고, 비슷한 사람끼리도 그 가치관을 실현하는 방식에서 또 차이가 날 수 있다. 따라서 가치관의 차이는 취향의 차이와는 다른 결론에 이른다.

"너는 네가 좋은 걸 하고, 나는 내가 좋은 걸 하고, 그래서 우리 둘 다 즐거우면 됐지."

이와 같은 식으로 적당히 봉합되지 않는다. 취향은 서로 배척하지 않고 두 사람이 다양하게 즐길 수 있지만, 가치관은 다르다. 자칫 하나의 존중이 다른 것에 대한 공격이나 모욕이 될 수 있다. 가령 콤비네이션 피자 대신 불고기피자와 스파게티는 받아들일 만하지만, 육식주의자와 채식주의자는 육식주의자이면서 동시에 채식주의자일 수는 없다. 한쪽의 가치관을 포기해야 함께 같은 음식을 나눌 수 있다.

∞

두 사람이 각자 자기 가치관만 옳다고 고집하거나, 그 가치관은 절대 바뀔 수 없다고 확신하면 둘은 갈등을 넘어 대립하게 된다. 하나가 하나를 꺾어야 결판나는데, 그 과정에 얼마나 많은 다툼이 생기겠는가?

서로 많은 것을 포기하고 소통의 범위와 함께하는 것들의 범위를 줄이는 것을 해결책으로 삼을 수도 있겠지만, 여전히 풀어야 할 숙제가 많다.

흔히 두 사람의 관계가 원만한지 궁금할 때 이렇게 묻는다.

"잘 살아? 얼마나 행복해?"

그러나 이보다 좋은 질문이 있다.

"둘이 서로 다른 것들은 어떻게 풀어? 타협이 안 될 땐 어떻게 결정해?"

이것은 연인과 배우자들이 수시로 던져봐야 할 질문이다.

∞

양보는 원래 자연스럽거나 자발적인 반응이 아니다. 자신이 원하는 것을 포기하는 노력이 요구되는 어려운 일이다. 한쪽이 일방적으로 양보해야 하는 상황이 반복되면서 경험하게 되는 부정적 감정은 자존감에 타격을 준다. 이때 상대의 태도가 무례하기까지 하다면 모멸감도 느껴진다.

서로 원하는 것이 다를 때는 굳이 하나로 원하는 것을 맞출 게 아니라, 각자가 만족하는 선택을 내리는 것도 필요하다.

"당신은 스파게티 먹고, 난 냉면 먹고, 30분 뒤에 2층에서 만나."

하지만 늘 양보만 받아오던 쪽은 '자신이 늘 옳다'는 생각에 상대의 선택을 방해하려 할 수도 있다.

"스파게티는 나중에 먹으면 되잖아. 나 냉면 좋아하는 거 몰라?"

자기의 일방적인 요구가 상대에게 양보를 강요하는 것이란 생각은 전혀 하지 못한다. 그런 것들이 쌓여 상처가 되고 상대를 무력감에 빠지게 한다는 걸 모르는 경우가 많다.

∞

상대의 양보와 포기를 사소한 것이라고 단정하는 사람일수록 이기적 이득을 오래도록 누렸을 가능성이 높다. 작은 것은 원래 작은 게 아닐 수도 있고, 누군가에게는 그렇게 보일 수 있지만 또 다른 사람에게는 아주 큰 일일 수도 있다.

예를 들어 탕수육의 '부먹과 찍먹'의 문제가 그렇다. '부먹이냐, 찍먹이냐'의 결정은 탕수육을 더 맛있게 먹는 방식의 선택일 뿐만 아니라, 연인이나 배우자가 자신을 대하는 태도의 증거로 활용된다. "네가 날 사랑한다면 내가 원하는 대로 하게 해줘야지"가 되는 것이다. 문제의 핵심은 '어느 방식이 더 좋은가?'가 아니라, '누구의 권위가 인정되느냐'가 되어버린다. 사소한 결정 같아 보이지만 그것으로 관계의 역학 구도가 드러난다.

∞

사람의 마음이 매번 똑같을 수는 없다. 좋은 마음으로 양보했던 사람도 일방적인 양보가 반복되면 불만이 쌓인다. 이때 상대의 불만과 불편을 덜어주려는 노력을 게을리하면, 실망과 원망이 두 사람 사이에 자꾸 끼어들게 된다. 현명한 커플은 서로에게 불만이 덜 생기도록 평소에 배려하고 작은 불만을 털어낼 기회를 만든다.

엄밀히 말하면 두 사람이 함께 지내기 위해 매번 어떤 타협을 해야 하는 것도 좋은 신호는 아니다. 서로 너무 다르고, 잘 안 맞는 사람들이란 뜻일 수도 있기 때문이다. 많은 노력과 에너지를 들이지 않아도 서로 합의가 잘 되는 관계가 훨씬 바람직하다. 가치관과 취향이 비슷한 사람들이 덜 대립하고 더 잘 지내는 이유도 여기에 있다.

∞

어떤 관계든 상대를 존중하고 이해하는 태도가 중요한데, 이것은 성적과 지능, 학식과 학벌, 교양과는 다른 마음의 능력이다. 하지만 사랑에 빠지면 대개는 자신과 상대의 '마음 씀씀이와 공감 능력'에 대해 과신하고 오해한다. 그래서 다음과 같은 오류에 빠진다.

첫째, 자기가 충분히 상대를 이해하고 존중하는 만큼 상대에게도 그런 능력과 태도가 있을 거라는 호의적 단정
둘째, 자기만 충분히 사랑하면 상대도 사랑하게 될 거라는 근거 없는 믿음
셋째, 연애 대상으로서의 조건 중에서 다른 요인들(경제력, 학벌, 배경 등의 외적 조건)에 편중하는 판단 기준
넷째, 사람을 볼 때 인격과 인성과 관련된 특성을 중시하는 습관의 결여 또는 게으름
다섯째, 애정의 대상이 자신과 달라도 관계를 잘 유지하는 데 별로 문제가 되지 않을 거라는 비현실적 기대
여섯째, 감정이 영원히 변하지 않는다는 착각
일곱째, 다른 사람은 다 변하더라도 자신은 변하지 않을 거라는 신념

어떤 행동의 이유에는 우연이나 상황 요인도 있지만, 뿌리 깊은 습관, 소양과 가치관에서 비롯된 것도 있다. 예를 들어 운전 중 자동차 깜빡이를 켜는 행위는 사소한 것 같지만 그 사람이 기본적으로 '다른 사람들을 어떻게 대하는지'를 보여주는 것이 될 수도 있다.

깜박이를 켜지 않고 자꾸 차선을 변경하다가 사고가 나는 것처럼 관계에서도 심각한 상황에 이르기 전에 자기 생각대로 밀어붙이는 일이 없는지 점검해야 한다.

∞

혹시 작은 일, 가벼운 일이라고 자기 맘대로 정하고 있지 않은가? 라면을 끓이는 것도, 피자의 종류를 선택하는 것도, 함께 볼 영화의 장르를 선택하는 것도, 차 안에서 듣는 음악을 선택하는 것도 절대 별것 아닌 게 아니다. 그 사소한 선택과 결정이 한쪽에서만 이뤄질 때 권력이 생기고, 다른 한쪽은 심리적으로 위축될 수 있다.

함께 잘 지내려면 별로 하고 싶지 않아도 상대가 원하는 것을 들어주고, 자기가 원하는 것도 기꺼이 미룰 수 있는 마음가짐이 있어야 한다. 상대를 위해 양보한 것만이 아니라, 상대가 자신을 위해 양보한 것을 꼭 기억해 다음 기회에는 상대가 결정하게 하는 배려도 필요하다.

이처럼 관계의 균형을 이루려는 노력이 동반되지 않으면, 두 사람의 사이는 금세 불평등해진다. 사랑의 관계가 불평등하다면 어느 한쪽도 이익을 얻는 게 아니다. 두 사람의 사랑이 토대부터 무너져가기 때문이다.

현실에서 불평등한 사랑의 관계가 여전히 많은 것은 사랑을 잃거나 사랑이 사라져버린 관계들이 그만큼 많기 때문이다. 사랑의 관계에 사랑이 아닌 것들이 섞이고, 사랑이 아닌 것들이 너무 많아지면 사랑은 어느새 주변으로 밀려나고 만다.

사랑의 대화

"우리 얘기 좀 해."

보통 이 말을 듣는 사람은 가슴이 철렁한다. 계속 대화가 이어지고 있었는데, 갑자기 '얘기'를 하자고 하면 더 당황스럽다. 그러면 지금까지 나눈 말들은 무엇이란 말인가?

소통은 필요한 정보를 교환하는 대화Report talk와 감정을 나누는 대화Rapport talk로 나뉜다. 감정을 나누는 대화는 상호 신뢰관계, 이른바 '라포'를 형성하기 위한 것으로, 무엇을 말하는가보다 서로 교감하고 친밀감을 느끼는 경험이 핵심이다. '우리 얘기 좀 하자'라는 말에는 서로가 함께이고, 서로의 편이 되어주며, 서로에 대한 관심과 애정을 표현하는 시간이 필요하다는 뜻이 담겨 있다.

하지만 이 말이 상대에게 일방적인 통보가 되지 않게 유의해야 한다. 자칫 상대가 대화할 마음의 준비를 하게 만들기보다 '뭐가 또 불만인가?' '내가 또 뭘 잘못했다고 저러는 거지?'와 같이 경계심을 갖게 만들면 안 되니까.

그건 "지금 얘기하고 싶지 않아. 나중에 얘기해"라고 일방적으로 대화의 중지를 통보하는 것과 마찬가지로 상대에게 불편한 감정을 불러일으킬 수 있다. 서로 더 많이 소통하길 바란다면 자기에게만 익숙하고 편한 방식보다 상대가 받아들이기 쉬운 방법을 선택해야 한다. 상대에 관한 질문을 하고 상대의 얘기를 먼저 들어보는 호의를 베풀면 더 많은 대화를 나눌 수 있다.

∞

보통 "우리 얘기 좀 해"라는 말로 대화를 시작하는 경우 부정적 상황을 예상하게 함으로써 상대를 위축시키는 경향이 있다. 이들은 진짜 대화를 나누고 싶은 게 아니라, 자신이 생각한 문제점과 하소연을 들어줄 상대가 필요한 것이다.

그런데 자기감정과 기분에만 집중하면, 대화는 금세 실망과 불평을 쏟아놓는 기회로 바뀌어버린다. 대화가 상대를 탓하고 원망하는 데만 초점이 맞춰지면 각자의 불안과 불만을 보상받으려는 듯 경쟁적으로 상대를 비난하고 죄책감을 유도하려 든다. 자신이 바라는 것을 솔직하게 말하면 되는데, 원망과 불평을 끌어들여 갈등을 만든다.

예를 들어 "나 여행 가고 싶어"라고 말하면 될 텐데, "왜 당신은 날 이렇게 대우해. 왜 나에 대한 배려가 하나도 없어"라는 식이다. 하지만 아무리 좋은 뜻이라도 일방적으로 통보하듯 말하면 상대는 대화하고 싶은 마음보다 스스로를 방어하려는 생각이 먼저 든다.

만약 연인과 부부가 자신들의 생각에 대해 말할 수 있고 서로의 이야기를 존중해줄 수 있다면, 이것은 최고의 대화일 것이다. 우리는 우리 자신에 대해 말할 수 있어야 한다. 서로가 각자의 꿈과 삶의 목표를 공유하고, 차이점에 대해서도 나눌 수 있어야 한다. 따라서 서로의 관계가 개선되고 발전하길 바란다면 다음 몇 가지만 기억하자.

첫째, 상대가 자신의 생각과 감정을 말할 때 애정을 가지고 들어주자. 설령 그 말이 논리적으로 틀렸다고 생각될지라도. 만일 상대의 의견에 동의할 수 없다면 상대가 말을 마친 후에 내 의견을 차분히 설명하면 된다.

둘째, 목소리를 높이는 대신 차분하게 대화하자. 목소리가 크면 상대에게 경계심을 불러일으킬 수 있다.

셋째, 아무리 사소한 문제도 밀쳐두는 대신 대화를 통해 풀어보자. 짜증과 불만을 계속 마음속에 묻어두면 언젠가 부지불식간에 폭발할지도 모른다.

넷째, 상대의 침묵을 존중하자. 만일 연인이나 배우자가 아직 말할 때가 아니라고 한다면 이를 존중하자. 필요하면 타임아웃을 갖고 감정을 가라앉힌 후 다시 대화를 시도하자.

∞

대화를 나눌 때는 내 이야기만 일방적으로 쏟아낼 것이 아니라 상대도 혹시 비슷한 경험을 하진 않았는지 먼저 물어봄으로써 '공통의 관심사'로 만들면 서로 마음을 열고 속내를 털어놓기 쉽다.

"우리 얘기 좀 해"라는 말을 들으면 바짝 경계하기보다 '이제 상대에게 말할 시간을 줘야겠구나, 상대가 하고 싶은 말이 있구나'라고 이해하면 된다. 상대에게 필요한 위안과 공감 또는 함께 문제 해결하기의 과정을 나누면 서로가 '내 편'이라는 팀워크가 생기고, 힘들고 어려운 일도 함께 이겨낼 수 있다는 믿음을 심어줄 수 있게 된다.

깻잎 논쟁

"내 연인이 내 친구가 먹을 깻잎을 떼어주어도 되는가?"

오래 전에 이슈가 되었던 '깻잎 논쟁'이 최근에 다시 젊은 연인 사이에서도 회자되고 있다. 자신의 연인이나 배우자가 다른 이성을 위해 반찬으로 나온 깻잎을 떼어줘도 되느냐를 두고 갑론을박이 이어지고 있는데, 이 논쟁이 진짜 함의하는 것은 무엇일까?

누군가는 "깻잎 한 장 떼어주는 단순한 행위일 뿐"이라고 하고, 또 누군가는 "그 이면에 있는 사랑과 소유를 둘러싼 복잡하고도 미묘한 문법을 이해해야 한다"고 주장한다. 배우자나 연인의 행위와 자유에 대한 기대와 권리, 허용 여부 등 민감하고 합의가 필요한 내용들이 논쟁에 합류한다.

∞

뇌과학자들의 설명에 따르면 깻잎을 젓가락으로 떼는 것은 다섯 손가락의 정교한 움직임을 통제해야 하기 때문에 엄청난 뇌 활동이 요구되는 행위라고 한다. 그런 수고를 타인을 위해 하는 것에 얼마나 성적인 의미가 담길 수 있는가에 대한 해석이 논쟁의 결론을 좌우한다. 배우자나 애인의 행동에 대해 얼마만큼 간섭이나 통제를 할 수 있느냐도 논쟁의 또 다른 축이다.

애인이나 배우자가 있는 사람이 다른 이성 (또는 동성)과 어떤 행동을 하는 것이 바람직한가의 판단은 깻잎보다 큰 영역의 문제들과 연결된다. 잠재적 경쟁자의 범위, 그런 경쟁자에게 허용되는 행동의 범위, 불륜 가능성에 대한 추론, 매너와 상식의 문제 등등 다양한 의견들이 표출될 수 있다.

사람들은 저마다 다른 상식과 기준을 가졌으며, 그에 따라 반응도 제각각이지만, '된다, 안 된다'의 결론에 도달하는 과정을 보면 개개인의 가치관과 관계를 맺고 있는 상대에 대한 그 사람의 신뢰도를 유추할 수 있다.

∞

깻잎을 떼어주는 것은 오해할 수 있는 행동이기 때문에 안 된다는 의견과, 남을 돕는 행동이라서 괜찮다는 의견이 대립한다. 먼저 반대하는 쪽에서는 "사심이 있는 게 아니라면, 뭐 하러 짝이 아닌 이성을 위해 정성스러운 행동을 하는가"라고 주장한다. '단순히 돕는 행위'도 그 의도가 잘못 전달될 수 있으니, 하지 말아야 한다가 결론이다. 이 관점은 깻잎 떼는 것 정도의 행동도 추파와 같은 성적 의미가 담길 수 있다고 전제한다. 그래서 매너 있는 행동이라도 오인될 수 있으면 하지 말아야 한다고 주장한다.

허용하는 쪽에서는 그 정도는 매너 또는 남을 돕는 행위로 본다. 성별에 상관없이 얼마든지 그런 작은 호혜적 행동은 무해하고 무방하다고 생각하는 것이다. 그러나 이성과 관련된 행동은 '옳고 그름'으로 정리되지 않는 것들이 있다. 그냥 싫을 수 있다. 내 짝이 다른 이성과 접촉하는 것이 두 사람 관계에 위협으로 느껴질수록 그런 거부감도 커진다.

∞

그런데 자신이 그런 위협을 느낀다고 해서 배우자나 애인을 자기 의지대로 통제하려고 하면, 부부나 애인은 서로의 행동을 계속 감시하는 방법밖에 없다. 실제로 많은 짝들이 신경을 곤두세우고 서로의 행동을 감시하기도 한다. 하지만 그런 방식이 얼마나 성공을 거둘 수 있을까?

연인이 되고 부부가 되면서 느꼈던 두 사람만의 일체감이 약해지고, 자신의 매력이 짝을 옆에 붙잡아두기에 충분하지 않다는 불안이 커지면 감시와 통제로 상대를 지키려고 할 것이다. 연인이나 배우자의 행동에 대한 금지사항도 늘어난다.

다른 문제에 대해서는 합리적이고 이성적으로 생각하는 사람도 애정 문제에 대해서만큼은 합리적 사고를 하지 못하는 경향이 있다. 짝을 잃을 가능성이 일으키는 불안은 이성보다 감정이 지배하는 상태를 만든다.

∞

사실 깻잎 논쟁처럼 연인 사이의 미묘한 갈등은 사랑과 소유에 대한 개념이 서로 다른 데서 생긴다. 결국 깻잎 논쟁은 깻잎 한 장을 떼어주는 것이 옳으냐, 그르냐를 두고 논쟁하는 게 아니라, 평소에 연인의 입장이나 감정을 배려하는 사람이냐, 아니냐의 문제로 귀결된다.

여기에 대한 답부터 말하자면 연인이 그런 행동을 싫어하는 사람이면 하지 말아야 한다. 연인 사이에 일어나는 비합리적이고 미묘한 갈등에서 가장 중요한 점은 사람마다 민감해하는 지점이 다르기 때문에 이것을 옳다 그르다로 판단할 수는 없고, 상대에게 "당신은 너무 예민해"라고 면박을 주기 전에 평상시 신뢰도의 문제를 점검해봐야 한다는 것이다. 평소에도 신뢰 관계가 형성되어 있지 않다면 이 사소한 행동은 언제든지 상대에게 내재된 불안을 일으킬 수 있기 때문이다.

∞

여전히 판단이 쉽지 않다면 다른 문화의 규범을 참고해 보는 것도 방법이 된다. 어떤 문화권에서는 결혼식에서 신부와 신랑이 이성 하객들과 돌아가면서 춤을 춘다. 그것을 하객들에 대한 답례라고 여기고, 그 정도 남녀의 접촉은 자연스럽게 여긴다. 함께 춤추는 행동은 '깻잎을 떼는 행동'보다 더 많은 신체 접촉과 두뇌 활동으로 이뤄진다. 그 정도의 신체 접촉으로 두 사람의 사랑이 위험해진다고 생각하지 않을 뿐 아니라 함께 춤추면서 행동을 절제할 줄도 안다. 그중에 흑심을 품은 사람이 있다고 해도 그런 사람에 의해 관계가 위협받지는 않는다고 믿는 것이다.

∞

직장, 학교, 사회 활동 현장에서 이성과의 모든 접촉을 통제하고 금지할 수는 없다. 눈앞에서 일어나는 것을 막는다고 해도 보이지 않는 곳에서 일어나는 것들까지 모두 감시하고 금지하는 것은 불가능하다.

옳고 그름에 상관없이 자신이 불안하다는 이유로 상대의 어떤 행동을 금하는 것, 자신에게 편하고 당연하게 느껴지는 기준이라고 해서 상대도 따라주기를 바라는 것이 '누군가의 자유'를 침해하고, 세상의 불평등을 지지하는 것이라면 한 번쯤 다르게 생각해볼 필요가 있다.

여성이든, 남성이든 어느 한쪽이 부당한 대우를 받거나 반대로 특권을 누리게 하는 것은 결과적으로 인간의 불평등을 인정하는 것이고, 불공평에 동조하는 것이다. 배우자나 애인의 행동을 자기 의지대로 통제하고 금지하려는 시도는 상대의 자주성과 자유의지를 부정하고 무시하는 것이다. 상대의 자율성을 부정하면서 그 사람의 사랑이 자발적이라고 가정하는 것은 모순이다.

∞

애초에 깻잎 논쟁은 관계에 불안을 느끼고, 상대를 믿지 못하는 마음에서 비롯되었다고 할 수 있다. 상대에 대한 불신도 이유 중 하나겠지만, 상대의 사랑을 유발하고 유지할 자신감이 없어서 상대를 더 통제하고 장악하려고 했던 마음은 없었는지 돌아볼 일이다. 불안과 걱정이 경계심과 질투심을 유발하지만, 배우자와 애인 주변의 사람들을 3미터 밖으로 몰아내려는 욕심은 연인과 배우자의 마음도 떠나가게 만들 뿐이다.

깻잎을 떼어주지 않아도 떠날 사람은 결국 떠난다. 붙잡아 묶어 놓는다고 자신이 차지할 수 있는 것도 아니다. 깻잎 한 장 못 떼게 해서 지켜낼 수 있는 사랑은 없다.

사랑은 감정이나 의욕만으로 지속되지 않는다. 관계로서의
사랑은 수많은 상호작용과 협조 행동을 통해서 이어진다.
감정 반응으로서의 사랑을 느끼는 것은 대단한 능력이
필요하지 않을 수도 있지만, '사랑하기loving'에 있어서는
아주 많은 능력과 노력이 필요하다. 그래서 에리히 프롬의 명저
《사랑의 기술》 원제는 'The Art of Love'가 아니라
'The Art of Loving'이다.

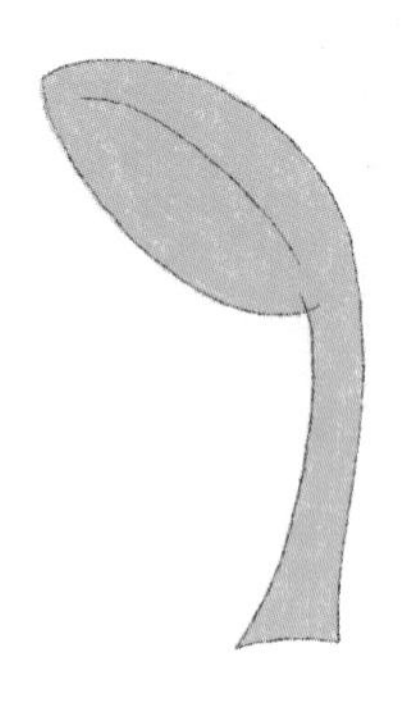

Loving의 기술도, 사랑하기의 능력도 고정된 것이 아니다.
더 발휘될 수도 있고, 쇠퇴할 수도 있다.
실눈을 뜨고 상대를 감시하면서
사랑이 깨질까봐 전전긍긍하는 대신,
내 사랑 안에 상대가 편히 머물게 하자.

사랑의 유통 기한

"어느 물건이든 기한이 있다.
정어리도 기한이 있고, 간장도 기한이 있고,
랩조차도 기한이 있다.
난 의심이 들기 시작했다.
세상에 유통 기한이 없는 것은 없는 걸까?
(…)
내 사랑의 유통 기한은 끝이 난 것일까?"
… 영화 〈중경삼림〉 중에서 …

영원하고 완전하다고 자부하던 사랑이 자동차 평균 보증 기간인 5년도 다 못 채우고 수명을 다한다. 가을에서 겨울로의 변화처럼 사랑이 빛을 잃는다.

이제 '왜 그 사람을 더 이상 사랑하지 않게 되었는가'에 대한 해답의 실마리를 찾으려면 '왜 나는 다른 사람이 아닌 이 한 사람을 사랑했는가'를 생각해내야 한다.

상대에게 반하고 흥분하는 에너지 말고도 사랑을 계속 불타오르게 하는 것, 사랑을 탄탄하게 지탱해주는 기반이 있어야 사랑이 시간의 흐름을 버텨내고 성장한다. 사랑이 몇 주, 몇 달밖에 지속되지 못하는 것은 '첫눈에 반해 들뜬 에너지' 말고는 다른 동력이 없기 때문이다.

∞

사랑에 도취된 사람들은 상대에 대해 정작 알아야 할 것을 놓치고 만다. 이것은 마치 해외여행을 앞두고 너무 들떠서 여권이나 비행기표를 놔두고 집을 나서는 것과 같고, 아예 어디로 갈지, 얼마나 있을지도 정하지 않고 무리에 휩쓸려 무작정 떠나려는 사람들과 비슷하다. 상대를 알지 못하는 것은 목적지를 알지 못한 것과 같다. 어디로 갈지도 모른 채 서둘러 가방을 꾸려 길을 나선 것이다.

사랑의 감정이 최고조에 이를 때 서로에 대한 헌신과 섬김의 노력, 함께한 경험들은 상대를 대체 불가능한 존재로 만든다. 하지만 사랑이라는 막강한 감정도 대상에 대한 반응이고 감정이다 보니 '원래의 상태'로 돌아가려는 신체 회복의 원리에 영향을 받는다. 세상을 다 얻은 것 같았던 들뜬 감정도 어느 순간 서서히 가라앉고 차분해진다.

∞

다시 영화 〈중경삼림〉으로 돌아가보자. 만우절에 이별 통보를 받은 스물네 살의 '경찰 223'은 여자친구의 만우절 농담일 거라며 이별을 부정하면서도 괴로워한다.

떠난 연인을 기다리며 시간이 날 때마다 패스트푸드점에서 옛 애인을 기다린다. 자신의 생일이자 옛 애인과 헤어진 지 한 달이 되는 5월 1일이 유통 기한인 파인애플 통조림을 매일 한 개씩 사 모으며, 그때까지 연락이 오지 않으면 그녀를 잊기로 마음먹는다.

∞

어느덧 5월 1일. 그녀는 끝내 돌아오지 않고, 그는 유통 기한이 만료된 통조림을 모두 먹어치우며 자신이 유통기한이 만료된 파인애플 통조림과 다를 바 없다고 생각한다.

"사랑에도 유통 기한이 있다면 나의 사랑은 만년으로 하고 싶다."

실연당한 남자 주인공의 대사는 사랑을 시작한 많은 연인들의 바람일 것이다. 하지만 열렬한 사랑의 귀결은 '더 깊고 큰 사랑'이 아니다. 대부분은 처음에 서로에게 반했던 때가 최고로 사랑한 순간이다. 그 이후로는 계속해서 사랑의 호르몬은 감소한다. 그러다 어느 날 문득 깨닫는다.

'이제 우리 사랑의 유효 기간은 끝났구나!'

아직 이별을 받아들이고 싶지 않은 짝에게 이 사실을 알린다. 어떤 짝은 이미 눈치채고 그걸 받아들일 수밖에 없다는 것을 순순히 인정하지만, 누군가는 끝내 거부하려고 한다. 하지만 상대의 반응

"내 사랑의 유통 기한은 끝이 난 것일까?"

(…)

"사랑에도 유통 기한이 있다면
나의 사랑은 만년으로 하고 싶다."

— 영화 〈중경삼림〉 중에서

에 상관없이 사랑은 효력을 다했다. 두 사람은 이제 '사랑했던 사람들'이 된다.

사랑을 소중히 다룰수록 수명이 더 오래 간다는 사실은 지극히 상식적이지만, 일부 사람들만 그 상식을 행동으로 옮긴다. 때로는 내 의지와 노력과 무관하게 사랑이 끝나버리기도 한다.

애절함이나 열정이 길을 잃고, 한 사람만으로 가득 찼던 자리에 허무와 쓸쓸함만이 남는다.

러브 칵테일

"사랑할 만한 것을 사랑해야 하고,
싫어해야 할 만한 것을 싫어해야 한다.
그 차이를 알기 위해서는 두뇌가 필요하다."
··· 미국 시인 로버트 프로스트 ···

사랑의 진짜 유효 기간은 얼마일까?

미국 코넬 대학교 인간행동 과학연구소의 하잔 박사는 2002년 재미있는 연구 결과를 발표했다. 전 세계 5,000명을 대상으로 '사랑의 수명'에 대해 오래 추적 연구한 결과를 게재한 것이다.

연구팀이 발표한 사랑의 유효기한은 약 18~30개월이었다. 그 정도 기간이 경과하면 대체로 사랑의 열정이 식었다고 보고했다. 사랑할 때 분비되는 호르몬인 '러브 칵테일'이 바닥난 시점이다.

진화심리학자에 따르면 이 기간은 남녀가 만나 자식을 낳고 자식의 생존이 확실해질 때까지 필요한 최소한의 시기다. 자식의 생존을 위해서는 부모 한쪽만 있는 것보다 둘 다 있는 쪽이 유리하기 때문이다. 그렇게 인간의 사랑도 진화적으로 설계되었다는 설명이다.

∞

'사랑이 어떻게 변하니?'는 늘 높은 관심을 받는 주제다. 사랑이 얼마나 유지되는가, 그 기간에 대해서는 의견 차이가 있어도 사랑의 열정이 결국 사그라지게 된다는 점에 대해서는 별로 이견이 없다.

'사랑에 수명이 있다'는 사실은 사랑이 있는 그대로 계속되지 못하고, 어떤 변화를 겪게 된다는 뜻이다. 일정 기간이 지나면 사랑은 이전의 상태와는 아주 다른 양상이 되어 단계를 구분할 필요가 있을 정도다. 어떤 경우에는 사랑에 빠졌던 과정을 겪었던 것처럼 사랑에서 빠져나오는 과정이 시작된다.

사랑의 한계에 다다르는 과정이란 사랑의 호르몬 중 하나인 페닐에틸아민PEA이 그 수명을 다해, 매혹 또는 끌림이라고 부르는 격렬한 감정의 동요가 더 이상 일어나지 않는 것이다. 사랑에 빠진 상태는 온 정신과 온몸이 '과하게' 흥분한 상태이며, 이 비정상적 상태를 계속 유지하는 것은 우리 몸에 부작용이 너무 크다. 그래서 뇌는 원래대로 돌아가기 위해 과도한 흥분을 멈추려고 한다.

앞서 언급한 대로 약 18~30개월의 시간은 성교 후 임신해서 아이가 태어나 어느 정도 자랄 정도의 기간이다. 그 기간 동안은 인간의 유전과 번식을 위해 사랑의 마술을 걸어놓지만, 그 시간이 지나면 신경전달 물질과 호르몬들이 제자리로 되돌아간다. 열정과 흥분이 그 역할을 다해 물러나고, 사랑은 또 다른 모습을 보여준다. 가슴 뛰는 로맨스보다 서로에 대한 신뢰를 바탕으로 새로운 역사를 써나가야 하는 국면에 접어든다.

∞

여기서 호르몬의 수치가 제자리로 되돌아간다는 말은 '그 이후로는 변화가 전혀 없다'는 말이 아니다. 다만 과도한 흥분 상태가 자주 일어나지 않고, 그런 상태에 오랫동안 머물러 있지 않는다는 의미다. 제자리를 찾은 상태에 접어들어도 변화는 일어난다. 다만 이전만큼 격렬하지 않고, 지속이 짧을 뿐이다.

어떤 사람들에게서는 그 감소의 폭이 너무 커서 아예 사랑의 호르몬이 소멸된 것처럼 느낄 수도 있다. 그러나 사랑은 호르몬에 의한 흥분과 열정만을 의미하는 것이 아니다. 따라서 '호르몬 수치가 떨어지면 사랑이 끝난다'는 말은 정확한 표현이 아니다. '열정적 사랑이 끝난다'에서 '열정적'이 빠진 것이다. 또한 사랑의 호르몬이 사랑의 수명을 좌우하는 유일한 요소도 아니다.

하잔 박사가 말한 사랑의 유효 기간인 18개월~30개월이 지나고서도 여전히 깊이 사랑하는 커플이나 여전히 뜨거워 보이는 커플이 있다. 호르몬의 영향도 받지 않는 이들은 어떤 경우일까? 서로 깊이 사랑하는 사람들의 뇌에는 여전히 흥분과 열정이 일어나고, 상대를 강하게 원하고, 간절하게 느끼는 마음이 유지된다. 심지어 사랑의 감정이 더 깊어지는 면도 있다.

∞

사랑은 단일한 수준이나 양상이 아니라 다른 차원으로 구분될 만큼 변화된다. 이것은 사랑을 이해하는 데 매우 중요하다. '갈망—열정—안정적 애착'으로 구분되는 각 단계에서 작용하는 주요 신경전달물질과 호르몬이 다르고, 주도적인 감정도 차이가 난다.

간단히 정리하면 사랑은 다음과 같은 진행 과정을 거친다. 처음에는 상대를 강하게 열망하는 단계이고, 두 번째 단계인 열정의 순간이 되면 뇌가 과도하게 흥분한 상태로 17~18개월을 보낸다. 그 이후 서로에 대한 애착이 깊어져 안정적 단계로 이어진다.

사랑의 수명이나 단계에 관한 설명이 자기 경험에 잘 맞는다는 사람도 있고, 잘 맞지 않아서 이해가 안 간다는 사람이 있다. 이전의 감정을 상대에게 느끼지 못하는 이유를 이해하게 된 사람도 있지만, 시간이 지나도 여전히 뜨거운 감정이 지속되는 커플은 무슨 소리인가 싶을 것이다. 심지어 사랑의 수명이 훨씬 더 짧다고 생각하는 사람도 적지 않다.

그것은 사람에 따라서, 그리고 어떤 짝과 맺어지느냐에 따라서 열정의 기간이 차이 나기 때문이다. 교제 기간이 같더라도 매일 만나는 경우와, 일주일이나 두 주일에 한 번 만나는 경우는 서로 익숙해지는 정도가 같을 수 없다. 사랑이 클수록 더 오래 지속될 가능성이 크지만, 두 사람의 속도가 다를 수도 있다. 감정이 빨리 익숙해지는 사람과 느린 사람의 차이도 분명히 존재한다. 사람마다의 차이는 당연한 것이지만, 사랑의 단계가 서로 다르면 갈등이 일어난다. 상대의 사랑이 변했다고 느끼게 되기 때문이다.

∞

'단계'라는 말도 잘 이해해야 한다. 단계에는 연속적인 것만 있는 게 아니라 비연속, 즉 단절되는 단계도 있다. 곤충의 경우 애벌레에서 번데기, 성충의 단계로 바뀌면 이전의 특징은 더 이상 존재하지 않지만, 사람은 아기-어린이-청소년이 되었다고 이전의 특징이 완전히 사라지는 것은 아니다. 사랑의 변화는 단계가 바뀌어도 이전 단계의 반응이 얼마든지 일어나고, 사랑하는 사람들의 관계에서는 흥분과 황홀감이 계속 느껴지기도 한다. 그러고 보면 사랑의 변화는 두려워할 것이 아니라 자연스러운 것이다.

"언제까지나 널 사랑할게."

이런 언약이 사랑을 지속시키는 게 아니다. 사랑도 시간의 흐름에 따라 변한다는 사실을 이해하고, 변화를 받아들이면서 사랑을 성숙시킬 능력을 길러야 한다. 그러면 서로 사랑의 속도가 달라서 엇갈린다 해도 조금은 덜 불안한 마음으로 사랑의 변화를 받아들이고 상대와 속도를 맞출 수 있다.

3부

선택, 그 후에 오는 것들

사랑과 거래

"사랑은 인격 시장에서의 자신들의 가치를 고려해서,
기대할 수 있는 최대를 얻으려는
호의적인 거래뿐일 때가 적지 않다."*
… 정신분석학자이자 사회심리학자 에리히 프롬 …

'결혼생활에 애정과 조건 중 어떤 것이 더 중요한가?'

이 질문은 인간 사회에 결혼이라는 제도가 도입된 이래 수없이 반복되어 왔다. 이것은 결혼하기 전 어떤 대상을 선택해야 하는가를 두고 하는 질문이다. 어떤 한 가지 대답이 확고한 우위를 점하지 못한 것은 그 사람의 가치관에 따라 또는 어떤 상대를 만났느냐에 따라 다른 대답이 가능하기 때문일 것이다. 사랑보다 물질적 조건이 더 중요하다고 생각하는 사람들이 있고, 조건보다는 사랑이 중

* 《건전한 사회》(범우사 刊)

요하다는 사람들이 있다. 각자가 추구하는 바가 무엇이냐에 따라 답은 달라질 수 있다.

> 부유한 남편을 둔 A는 친구들 모임에서 화려한 삶을 자랑하곤 했다. 잦은 해외여행, 명품 구매, 여유로운 생활 등을 과시하는 걸 즐겼다. 늘 자신이 가진 것들에 관해서 이야기하지만, 뭘 느끼고 뭘 기뻐하며 무슨 생각을 하면서 어떤 만족과 행복감을 느끼는지는 말하지 않았다. 자신의 남편에게 고마움이나 애정을 표현한 적이 전혀 없었고, 심지어 주변 사람들에게 남편을 '통장' '호구'라고 지칭했다.

"결혼은 비즈니스야. 사랑 타령은 세상물정 모르는 소리지."

이렇게 결혼은 조건 맞는 사람끼리 하는 비즈니스라고 스스럼없이 이야기하는 사람들이 있다. 그런 의미에서 A는 스스로 똑똑한 선택을 했다고 생각할 것이다. 하지만 A는 정말 손익계산서를 잘 뽑은 걸까? 그 선택으로 진짜 중요한 걸 놓치지는 않았을까?

실제로 A처럼 관계를 유지하는 데 필요한 조건을 내걸고, 그 조건들을 갖춘 사람과 결혼하려는 사람들이 많다. 그런 조건을 중시하는 관점은 '틀렸다 맞다'로 평가할 게 아니라, 각자가 그걸 '받아들일 수 있는지 없는지', 자신에게 '맞는지 안 맞는지'의 기준으로 평가하면 된다. 조건 충족이란 관점이 맞으면 같은 생각을 공유하는 사람을 만나면 되고, 조건보다 사랑이 중요하다고 생각하면 그 기준에 맞는 사람을 만나면 된다. 문제는 서로 생각이 다른 사람을 만나거나 자신의 관점을 속이는 데서 생긴다.

∞

사실 돈보다 사랑이 더 중요하다고 하는 사람도, 비슷한 수준의 후보들 중에서는 기왕이면 좀더 많은 능력과 자원을 가진 사람을 선호한다. 정신적 만족이야 알 수 없지만 물질적 조건이 좋은 사람을 선택하면 생활도 여유롭고 자식들도 더 좋은 환경에서 키울 수 있으니 말이다. 그 무엇을 선택하든 완벽한 만족은 없겠지만, 자신이 원하는 것을 정확히 알고 그 기준에 따라 선택하면 후회가 적다. 여기서 중요한 것은 자기 마음에 솔직해져야 한다는 것, 자기가 뭘 원하는지를 알아야 한다는 것이다. 그래야 거기에 맞는 대상을 만나기가 쉬워진다.

∞

어떤 선택에서든 자기가 얻을 이익만 계산하는 것은 그리 현명한 태도가 아니다. 세상에 일방적으로 이익만 얻는 관계란 존재하지 않기 때문이다. 얻는 게 있으면 잃는 게 생기고, 얻기 위해서 지불해야 하는 것도 반드시 존재한다. 당장의 이익이 나중에 손해가 되기도 하고, 그 반대도 흔하다. 눈앞의 욕심에 빠져 자기 꾀에 자기가 넘어가는 경우도 다반사다. 상대가 굉장한 부자여서 결혼했는데, 상대가 인색해서 돈을 쓰지 않는 바람에 고통받는 경우도 있다. 부유한 집안의 배우자와 결혼했다가 무시당하고 구속당하는 삶에 지쳐 이혼하는 경우도 흔하다.

상대가 부자이거나 돈을 잘 번다는 것은 함께 사는 데 유리한 장점이다. 그러나 본인의 능력과 성실함으로 일궈낸 부가 아니라면 그 사람의 소비 패턴을 반드시 확인해야 한다. 물려받은 재산이 있다 해도, 안정적인 자산을 가졌다 해도 그 재산이 계속 유지될지 누구도 장담할 수 없다. 자기관리 능력도 없고, 자기조절도 안 되는 사람은 아무리 많은 돈을 가졌다고 해도 순식간에 탕진할 수도 있다.

∞

사랑하고 결혼하려면 그에 합당한 조건을 갖추어야만 한다는 생각은 잘못이 아니다. 하지만 오직 돈만 있으면 사랑도 결혼도 얻을 수 있다는 생각은 위험하다. 이런 사고야말로 사랑에 대한 무능을 입증한다. 개개인의 자유나 선택보다 사회경제적 조건이 인간의 삶을 결정한다고 주장했던 마르크스조차 "사랑은 사랑으로만 주고받을 수 있다"고 생각했다. 이와 관련해 프롬이 마르크스의 《경제·철학수고》에서 인용한 글이 있다.

"'인간을 인간으로서' 생각하고, 세상에 대한 관계를 인간적 관계로 생각하라. 그러면 사랑은 사랑으로만, 신뢰는 신뢰로만 주고

받게 될 것이다. 예술을 즐기고 싶다면, 예술적인 훈련을 받아야 하듯이, 다른 사람들에게 영향을 주고 싶다면, 다른 사람을 촉진하고 고양시킬 수 있는 영향력이 있어야 한다.(···) 만일 당신이 사랑을 불러일으키지 못하는 사랑을 한다면, 즉 당신의 사랑이 사랑을 생겨나게 하지 못한다면, 만일 사랑하는 사람으로서의 '생명의 표현'에 의해서도 당신 자신이 '사랑받는 자'가 되지 못한다면, 당신의 사랑은 무력하고 불행이 아닐 수 없다."

∞

오늘날 사랑과 결혼은 물건을 사고파는 저잣거리의 저울 위에 올라와 있다. 애인과 사랑을 서비스처럼 소비하고 '자기만족'이라고 포장한 시장의 욕망에 끌려다니며 인스턴트식 거래를 하지만, 사람들은 그 관계에서 무언가 빠져 있음을 알아차린다. 비록 그것이 무엇인지를 직시하지는 못한다 해도.

앞서 A는 남편을 자신의 '통장'이나 '호구' 쯤으로 여겼다. A의 인생에는 서로를 위하고 품어주는 사랑, 서로의 마음을 깊이 헤아리는 이해, 친밀한 스킨십, 연인이나 배우자 사이의 다정한 밀어 같은 것들이 빠져 있을 것이다. 그런 것들이 비어있는 공허한 인생을 화려한 치장과 남들에게 보여주기식 소비로 채우려 든다. 아무리 채워도 사라지지 않는 심리적 허기 상태라 할 수 있다.

권태

“사랑엔 휴가가 없어, 그런 건 존재하지 않아.
사랑은 권태를 포함한 모든 것까지 온전히 감당하는 거야,
그러니까 사랑엔 휴가가 없어.”
… 프랑스 작가, 마르그리트 뒤라스 …

이 소설의 배경은 이탈리아의 바닷가 작은 마을이다. 이야기는 사라와 자크 부부, 루디와 지나 부부, 독신인 다이아나, 다섯 친구가 이곳으로 휴가를 오면서 시작된다.

사라 자크 부부는 열렬하게 사랑해서 결혼했지만 너무
익숙해지다 못해 지루함을 느끼면서 위기가 찾아온다.
이에 비해 지나 루디 부부는 서로가 없는 삶을 상상할 수
없다고 믿으면서도 수시로 불같이 싸운다.
이 부부는 함께하는 시간 속으로 스며드는 권태를
‘내일은 비가 와서 이 무더위를 식혀주겠지’라고 기대하지만

그게 쉽지만은 않다.*

∞

모든 부부는 권태를 겪는다. 정도의 차이가 있을 뿐. 결혼해서 자식을 낳고 기르다 보면, 성적인 끌림의 역할이 완수되어 상대에 대한 감정이 느슨해진다. 서로에게 이미 익숙해진 터라 두뇌는 더 이상 새롭고 신나는 자극을 느끼는 대상으로 인식하지 않아서 행복 호르몬 도파민이나 엔도르핀을 내보내지 않는다.

늘 같은 일상을 공유하는 것처럼 권태로운 것은 없다. 하지만 권태로움을 느꼈다고 해서 사랑이 소멸된다는 뜻은 아니다. 출근하기 지겨워졌다고 직장을 그만두는 것이 아니듯, 때때로 권태를 느낀다고 해서 관계를 끝내는 것으로 이어지지는 않는다. 쓰던 물건이 너무 익숙해졌다고 다 갖다버리지는 않는 것처럼.

"내가 당신 기분이 어떤지 더 이상 관심 없게 되면, 그땐 내가 더는 당신을 사랑하지 않는 거야."

루디라는 남자의 말은 다툼보다도 무관심이 '사랑이 없음'의 증

* 《타키니아의 작은 말들》 (녹색광선)

거라는 것을 말해준다. 관심이란 사랑의 증거다. 사랑은 감정을 확인하는 관심에서 시작해 점점 더 다양한 관심으로 이어진다. 처음에 사랑하게 되면 상대도 같은 마음인지에 관심을 가진다. 상대도 날 사랑한다는 것을 알게 되면, 이제는 함께 사랑을 키우기 위해 그 사람의 상태에 관심을 가진다. 그 사람의 꿈과 희망에 대해서도, 그 사람의 생활과 어려움에 대해서도 관심을 가진다. 사랑하는 사람을 위해서 자신이 무엇을 할 수 있는가에 대해서도 관심을 가지고, 그 사람과 소통하고 공감하기 위해서 그 사람의 생각과 감정에도 관심을 가진다. 사랑을 하면 저절로 그런 마음이 생긴다.

∞

모든 것에 관심을 가지는 행위는 사실 더 이상 관심을 가지지 않아도 될 상태로 나아간다. 관심을 가지고 뭔가를 알아내게 되면, 더 이상 알아내는 과정이 없어도 이미 알게 된 것으로 서로를 미루어 짐작하게 된다. 더 이상 관심을 쏟는 수고를 하지 않아도 알 수 있고, 상대에 대해 아는 것이 많아질수록, 상대에 대한 이해가 깊어진다.

'혹시 우리는 사랑에 빠졌던 지난 기억을 붙잡고 지금까지 버티는 게 아닐까?'

실제로 애정이 없는 채로 서로를 붙들고 있는 경우도 흔하다. 좀 더 심한 경우는 서로 미칠 듯이 싸우고 미워하면서도 서로를 놓지 못하거나 한쪽이 매달리는 관계다.

사랑이 짙어 미움이 되는가 하면 미움이 깊어 사랑이 되기도 한다. 그러다 사랑했었다는 사실이 서로를 미워하는 원인이 되면 단순히 미워하는 정도가 아니라 증오가 되어버린다.

"사랑을 줬는데, 넌 어떻게 그럴 수가 있니? 용서가 안 된다."

사랑을 바라고, 사랑을 기대한 만큼 실망도 미움도 크다. 증폭되었던 사랑이 사라진 자리에는 허탈감에 이어 분노가 자란다.

∞

여기서 중요한 것은 사랑이 감정만이 아니라 관계이기도 하다는 점이다. 관계를 지속할 이유가 사라지고 필요성과 의지가 소멸하면 관계가 끝난다. 끝나야 한다. 연인관계 또는 부부관계라는 형식이 남아 있어도, 두 사람의 사랑이 아무런 내용도 담아내지 못한 채 간신히 연명만 한다면 두 사람에게 남는 건 허무와 고통뿐일 테니까. 어느 한쪽은 관계를 방치하기보다는 분리하는 결단을 내려야 하는데, 이는 결코 쉬운 일이 아니다.

"어쩌면 오래된 사랑이 우리를 그렇게 악의적으로 만드는 건지도 몰라. 위대한 사랑의 황금 감옥 말이야. 사랑보다 우리를 더 옥죄는 감옥은 없지. 그렇게 오랜 세월 갇혀 있다 보면 세상에서 가장 선량한 사람까지 악의적인 사람이 돼 버려."

마르그리트 뒤라스는 루디의 입을 빌려 이런 말을 한다.

세월의 흐름 속에 사랑이 권태로 변하면서 관계가 구속처럼 느껴지는 때가 왜 없겠는가. 그러나 관성의 힘은 막강해서 끌림이 사라지고 관심이 사라졌을 때조차도, 지금까지 그래왔다는 이유로 현재의 상태를 지속하려고 한다. 대안을 찾거나 변화를 꾀하는 일은 너무나 두려운 일이기 때문이다.

결혼이란 이름의 보증서

"일반적으로 사람들은 같은 부류랑 가장 행복한 결혼을 한다. 문제는 자신이 어떤 부류인지 제대로 알지 못하는 나이에 결혼한다는 사실에 있다."

… 캐나다 작가 로버트슨 데이비스 …

"두고 봐. 내가 보여줄 거야. 우리의 사랑이 얼마나 대단한지, 다른 사람들의 사랑과 얼마나 다른지."

불타오르는 사랑에 흥분하다가 금세 파경을 맞이한 커플들은 하나같이 이런 말을 했다.

그런데 지금의 사랑은 두 사람의 미래에 어떤 것을 말해줄 수 있을까? 행복과 안정, 동반자 관계, 신뢰와 헌신, 의리와 동지, 미래, 주거, 집밥, 성적 만족, 환상의 달성, 영원한 사랑?

보통 우리는 이런 꿈을 꾸며 결혼을 선택하지만, 때로 그 과정에서 중요한 신호들을 놓친다. 안 통한다는 느낌, 취향과 지향점의 차이, 가치관의 다름, 끌리고 열망하지만 깊은 대화를 오래 할 수 없다는 사실, 서로의 영혼이 교류되지 않음 등의 숨은 진실을. 무모할수록 열렬하고 강한 사랑이라는 허황된 믿음에 빠지고, 반대가 많을수록 감정이 강해지는 '로미오와 줄리엣 신드롬'까지 한몫하며 하지 말았어야 할 선택을 부추긴다.

∞

남보란 듯이 잘살겠다는 의욕은 욕심을 불러오고, 상대에 대한 환상은 기대를 불러온다. 결혼에서 이루고 싶은 많은 의미를 앞세워 상대를 압박하면서 애정을 검증하려 든다. 그러면서 상대를 계속 묶어두려는 시도가 강화된다.

"날 사랑하는 걸 증명해봐!"
"사랑한다면서 이것밖에 못 해?"
"당신이 나한테 해준 게 뭐가 있어. 다 해주겠다고 했잖아."

관계가 족쇄나 위협으로 느껴지면 그때부터 그 사랑은 질식하기 시작한다. 결국 사랑에 빠지게 한 맹목적인 요소들에만 열중한 결과는 사랑의 소멸과 함께 서로 냉담해지거나 미워하게 된다. 그렇게 우리는 서로에 대해서, 그리고 자신의 욕망과 열정에 대해서도 잘 몰랐던 대가를 치른다.

언제나 부풀려진 것은 사그라지게 마련이고, 기대와 환상으로 키운 꿈은 깨질 수밖에 없다. 결혼은 서로에게 반하는 열정으로 시작하지만, 생활 속에 사랑을 심으려고 노력할 때 행복을 경험한다.

∞

오래도록 깊이 사랑하는 부부의 특징이 있다. 배우자에 대한 사랑과 배려가 삶의 방식으로 자리 잡고 있다는 점이다. 배우자를 향한 관심과 헌신, 서로 즐거움을 나누는 습관이 제2의 본성이 된다. 그래서 배우자와 함께 있을 때가 가장 편하다. 모든 좋은 것을 혼자서 경험할 때 상대를 반드시 생각하고 나누고 싶어한다. 함께하는 것이 너무나 당연하고 즐겁다. 그렇게 함께한 시간과 경험들이 인생의 가장 중요한 순간으로, 대체될 수 없는 행복과 만족으로 채워진다.

사랑과 권력

"사랑이 지배하는 곳에는 권력에 대한 의지가 없다.
권력이 지배적인 곳에는 사랑이 결핍된다.
하나는 다른 하나의 그림자다."
··· 정신과 의사이자 분석심리학자 칼 융 ···

모든 인간관계에는 권력이 존재하고 때로 남용된다. 사랑하는 사이에서도 마찬가지다. 권력을 쥔 쪽이 있고, 심지어 권력을 남용해 상대를 억압하기도 한다. 권력지향적인 사람은 그런 성향이 평소 생활에서 드러난다. 권위주의적 언행, 갑을관계와 같은 행동, 관습적 사고 성향 등. 하지만 사랑에 빠지면 그런 증거들을 못 알아차린다. 혹은 자신감 있고 당당한 행동으로 왜곡하면서 그 힘에 의존하려고도 한다.

알랭 드 보통은 《우리는 사랑일까》에서 사랑받을 때 얻게 되는 권력과, 사랑하면 잃게 되는 권력에 대해 다음과 같이 말한다.

"사랑의 권력은 아무것도 주지 않을 수 있는 능력에서 나온다.

상대가 당신과 같이 있으면 정말 편안하다고 말해도, 대꾸도 없이 TV 프로그램으로 화제를 바꿀 수 있는 쪽에 힘이 있다. 다른 영역에서와 달리, 사랑에서는 상대에게 아무 의도도 없고, 바라는 것도 구하는 것도 없는 사람이 강자다. 사랑의 목표는 소통과 이해이기 때문에, 화제를 바꿔서 대화를 막거나 두 시간 후에나 전화를 걸어주는 사람이, 힘없고 더 의존적이고 바라는 게 많은 사람에게 힘들이지 않고 권력을 행사한다."

∞

서로 사랑한다고 해도 두 사람의 마음의 밀도까지 일치하기는 힘들다. '두 사람이 거의 같은 강도로 서로를 좋아하고 사랑하는 것'이 바람직하지만 실제로는 어느 한쪽이 더 사랑하고, 더 좋아하게 마련이다.

"더 사랑하는 쪽이 약자"라는 말이 있듯이, 더 많이 사랑하는 쪽이 상대의 비위를 맞추고, 상대의 심기를 거스르지 않기 위해 더 많이 양보하는 게 일반적이다. 성별이나 나이, 사회적 지위, 지식 등으로 선택권의 우위가 정해지는 일도 많다. 이제는 경제권이 중요해지면서 '비용을 누가 지불하는가'를 두고 우위가 정해지기도 한다.

하지만 꼭 더 많이 사랑한다고 해서 약자가 되는 것만은 아니다. 더 많이 사랑하는 사람은 상대의 감정과 반응에 민감하고 그만큼 더 배려하고 양보하려 든다. 그 사람의 성품과 태도, 가치관과 예의 같은 것에서 배어나오는 것이기도 하다. 권력에 상관없이 원래 더 많이 양보하고 베푸는 쪽이 있고, 그와는 반대로 인색하고, 욕심을 부리고, 과시하고 싶어하는 쪽이 있다. 덜 사랑해도 정성으로 상대를 대하는 사람이 있고, 더 사랑한다고 해도 행동이 못 따라주는 쪽도 있다는 뜻이다.

∞

사랑받을 때 저마다 다른 모습을 보인다. 그 마음에 감사하는 사람이 있고, 자신이 잘나서 그런 양 교만해지는 사람이 있다. 이기적인 사람이 사랑을 받으면 상대의 사랑에 대해 권리증서를 가진 것처럼 요구하고 권력 놀음에 취해 제멋대로 행동한다.

함께하는 시간 속에서 배려보다는 이기심이 느껴질 때, 한쪽이 마음대로 끌고 가려 할 때, 그리고 그것이 반복될 때 질문을 던져야 한다.

"우리는 서로 사랑하는가?"
"우리는 조화롭게 서로를 배려하는가?"

'어떤 삶을 살고 있는지, 어떤 삶을 살고 싶은지'는 존재를 관통하는 핵심 과제다. 이제 사랑하는 두 사람은 '우리'라는 관계 속에

이 문제들을 포함시켜야 한다. 우리가 '어떤 삶을 살고 싶은지'에 대해 서로 질문하고 그 대답을 하고 또 듣는다는 것은 그 문제를 '함께' 풀어가겠다는 의도를 담는다. 각자의 생각에서 서로 타협할 것을 찾아낼수록 두 사람의 관계는 더 정교하게 맺어지고, 그 사랑이 조화로워진다.

결혼은 명사가 아니라 동사

"결혼은 명사가 아니라 동사다.
결혼은 얻는 것이 아니라, 실천하는 것이다.
결혼은 당신이 매일 배우자를 사랑하는 것이다."
… 심리학 박사 바바라 디 앤젤리스 …

옛날 동화에서 사랑의 엔딩은 한결같았다. "두 사람은 결혼해서 행복하게 잘 살았습니다." 그러나 현실에서 결혼은 완성형이 아니라 진행형이다. 결혼이라는 관문을 통과해서 자격증을 얻은 데서 끝나는 게 아니라 더 사랑하고 배려할 수 있는 역량을 키워가야 하는 것이다.

사랑에 빠지는 데에는 아무것도 필요하지 않았기 때문에, 그 이후에도 모든 것이 저절로 다 이뤄지는 줄 아는 사람들이 많다. 막연한 희망에 기대어 미래를 꿈꾸는 것이다.

"그 사람만 있으면 다른 건 중요하지 않아."

이렇듯 무모하게 선언한다. 그때는 알지 못했기 때문이다. 서로 오래 사랑하면서 함께 살려면 물질적 여건만이 아니라 정신적·심리적 능력이 얼마나 중요한지를.

∞

'사랑에 대해서 잘 알지 못한다는 말'은 사랑이라는 감정 자체만 잘 모른다는 것이 아니라, 사랑하는 사람으로서 어떤 행동을 해야 하는지를 모른다는 뜻이다. 뿐만 아니라 자신이 사랑할 준비가 되었는지, 상대와 사랑의 방향이 같은지, 어떻게 사랑하고 얼마나 책임감 있게 행동할 것인지 등에 대해 구체적인 생각이 없다는 뜻이다. 사랑에 대한 무지 덕분에 용감하게 시작하지만 동시에 불행의 서막이 준비된다.

결혼을 하고 나면 더 이상 혼자가 아닌 만큼 함께하는 삶 속에서 어떻게 서로를 도우며 조화롭게 살 것인가의 문제로 전환된다. 이제 한 공간에 사는 만큼 상대의 일거수일투족이 내 시야에 들어오게 되고, 상대의 행동은 내 삶에 직접적인 영향을 미친다. 함께 사는 능력, 사랑하는 역량이 한층 중요해지는 것이다.

사실 누군가를 아무리 사랑한다고 해도 상대의 전부를 다 이해할 수 있는 것은 아니다. 그래도 최대한 받아들이려 노력하면서 맞춰가는 것이다. 참아주고, 견뎌주는 과정에서 서로 아끼는 마음을 느끼게 되고, 이해하려 애쓴 만큼 친밀함도 깊어지는 것이다.

그러나 매일 집안 청소를 해도 먼지가 쌓이듯
결혼생활에도 반복되는 일상의 흔적이 스며든다.
둔감해지고 나른해지기 쉽다.
이때 쌓여있는 먼지를 털고 빗자루로 쓸어내는 일을 해야 한다.
본래의 모습을 찾아야 하고, 사랑에 방해가 되는
작고 사소한 것들이 뭉쳐져 커지기 전에 치워내야 한다.
결혼은 사랑의 완성이 아니라 계속되는 사랑의 실행이다.
사실 사랑은 완성된 적이 없고,
계속 완성을 향해 나아갈 뿐이다.

∞

결혼은 사랑이 지속될 거라는 기대와 약속 위에 세워진다. 결혼이 더 좋은 선택이 되는 것은 '사랑을 누릴 자격'을 얻는 것 때문이 아니라, 계속 사랑을 실천할 기회를 얻을 것이기 때문이다. 그러려면 서로가 서로에게 맞춰가는 과정에서 '성과'가 있어야 한다. 사랑이 많다고 그 과정이 별문제 없이 순탄하기만 한 것은 아니다.

결혼을 통해 더 깊은 사랑을 만들어가는 짝은 무엇이 다를까? 상대의 사랑을 당연한 것으로 여기지 않는다는 점이다. 사실 부족한 나를 믿고 평생 짝이 되어주겠다고 한 사람에게 어떻게 마음이 향하지 않고, 사랑으로 갚아주고 싶은 마음이 생겨나지 않겠는가?

의존적 사랑

"우리는 자신의 존재가 충분하다고 느끼지 않으면,
다른 사람들에게 의존하게 된다. 그리고 다른 사람들에게
의지한다면, 우리 자신은 자유롭지 않다."
… 심리학자 마누엘 빌레가스 …

L의 부모는 사이가 아주 좋았다. L의 아버지는 퇴직한 뒤 아내와 둘이 살면서 소소한 집안일까지 다 챙길 정도로 자상했다. 그러다 보니 L의 어머니는 혼자 할 줄 아는 게 별로 없었다. 은행 업무도, 인터넷 검색도, 카톡 사진 전송도 전혀 하지 못했다. 남편이 다 해주었기 때문이다.

L의 아버지는 자상한 남편이었지만 자식에게는 무심한 편이었다. 그래서 L은 아내를 아이처럼 챙기고 정작 자식에게는 소홀한 아버지가 미우면서도 어머니처럼 사랑받고 싶었다.

어린 시절 늘 외로웠던 L은 성인이 되어서 상대가 조금만

잘해주면 금세 사랑에 빠졌다. 하지만 L이 아버지가 어머니에게 준 것 같은 사랑을 기대하며 상대에게 의지하고 매달릴수록 상대방은 부담스러워했고, 관계가 깊어지려고 하면 상대가 떠나버리는 일이 반복되었다.

사람은 외로울 때 마주치는 사람이 누구든 너무 쉽게 손을 내밀 수 있다. 누군가가 있어야 행복해지고 그들이 자신의 빈 곳을 채워줄 거라는 믿음으로 늘 로맨틱한 파트너를 갈구한다. 특히 L처럼 어린 시절 부모와 정서적 유대 관계가 형성되지 못한 경우 필사적으로 밖에서 애정을 찾으려고 한다.

우리는 모두 서로 기대기도 하고, 때론 자유롭기를 바라며 살아간다. 하지만 연인 관계에서 문제가 되는 수동적 의존은 어린 시절에 필요했던 부모의 애정과 관심 그리고 충분한 보살핌을 받지 못한 결과라고 할 수 있다. 그래서 누군가에게 늘 의존하게 되고, 결국 혼자 설 능력을 잃는다.

병적 의존성은 스스로 약하고 가여운 존재라고 느끼면서 아무나 쉽게 받아들이고 강박적으로 매달린다. 타인에게 사랑받는 것으로 무너진 자존감을 세우려 하고 가치를 확인받으려 하면서 일시적으로나마 안정감을 느낀다. 어린 시절 부모에게 받지 못한 사랑을 채우기 위해 "상대에게 사랑과 인정을 받아야 한다"는 절대적인 삶의 목표를 세운다. 보호받기 위해 기꺼이 스스로 연약한 위치에 선다.

∞

결혼한 후에도 자신을 지켜주고 돌봐줄 대상에 의존하고 집착한다. 이는 보기에 따라 순수한 사랑처럼 보일 수도 있지만 실제로는 사랑하기 위한 것이 아니라 안정감을 느끼기 위한 처절한 몸부림이다. 의존적인 사람들은 타인을 쉽게 믿어서가 아니라, 사실은 믿을 수 없기 때문에 상대에 집착하는 것이다.

혼자인 것이 두려워서, 불안을 다시 경험하는 것이 괴로워서 그 관계를 계속 유지하기도 한다. 이들은 그 사람을 놓치고 싶지 않아서 절대적으로 의존하는 것처럼 보이지만, 막상 헤어지게 되면 곧바로 다른 의존 상대를 찾아낸다.

∞

심리상담가와 정신과 의사들이 연애와 결혼에 대해 한결같이 강조하는 말이 있다.

"혼자서도 외롭지 않고, 혼자서도 잘 지낼 수 있어야 한다. 그럴 때 정말 좋은 짝을 만날 가능성이 높다."

외로워서 누군가를 만나려 하면, 그저 의존하고 보호받으려는 감정이 앞서기 때문에 상대가 어떤 사람인지 제대로 파악하기 어렵다. 그러면 상대와 동등한 관계를 맺지 못하고 삶의 주도권을 타인에게 넘기게 된다. 수많은 사랑의 비극이 여기에서 시작된다.

자신을 스스로 돌볼 수 있는 능력, 독립적으로 판단하고 행동할 수 있는 능력은 사랑을 하려는 사람이 가장 먼저 갖춰야 할 조건이다. 독립적인 두 객체로 만날 때 비로소 진정한 사랑의 문으로 들어설 수 있다.

순간의 사랑

"사랑은 맹목적이라 연인들은 볼 수가 없다.
그들 자신이 저지르는 어여쁜 어리석음을."
… 영국 극작가 윌리엄 셰익스피어 …

많은 로맨스 영화와 문학과 드라마에서 '첫눈에 빠지는 관계'를 사랑의 진수인 것처럼 묘사했다. 이 환상 때문에 사랑은 그렇게 극적이어야만 한다는 믿음이 공유된다.

실제로는 십대들의 호르몬 폭죽이 터지는 이야기라고 할 수 있지만, 《로미오와 줄리엣》, 《춘향전》은 아름다운 고전이 되었다. 두 이야기 모두 서로가 사랑했을 때의 약속을 목숨처럼 지켜내 감동을 준다. 그렇지만 과연 로미오와 줄리엣이 죽지 않고 양 가문의 화해를 이끌어내서 결혼까지 했다면, 계속 뜨겁게 사랑하면서 살았을까? 춘향과 몽룡도 반상의 구별이 뚜렷한 시대의 시련을 딛고 과연 백년해로 했을까?

∞

화려하게 피어 사람들의 시선을 사로잡던 양귀비꽃도 잠깐 내린 비에 쉽게 널브러지고 만다. 너무 여리고 허약하기 때문이다. 사랑도 마찬가지다. 아무리 아름다운 사랑도 줄기와 뿌리가 단단하지 않으면 잠깐의 시련에도 무너져버린다. 잠깐 내린 비에도 버텨내지 못한 어여쁜 꽃처럼.

'이제까지 느껴보지 못한 특별한 느낌'으로 마냥 행복하던 시절이 가고 어느 순간 그 관계를 지탱하고 성장시킬 요인이 더 이상 없다는 것을 확인하게 되는 과정은 커다란 실망과 좌절을 불러온다. 불만스러운 상대를 다른 이들과 비교하고, 자신의 인생을 다른 사람들의 인생과 비교한다. 만족할 수 없는 사람과 함께하는 시간은 지루하고, 불편하고, 막막하다. 결국 자신의 선택을 후회하고 만남 이전의 시간으로 되돌아가고 싶은 욕구도 생겨난다.

"이 사람은 내가 알던 그 사람이 아니다."

"내가 잘못 생각했던 거야."

"내 발등 내가 찍었구나."

자신의 잘못된 선택을 후회하지만, 이제 소용없는 일이란 걸 알기에 가슴은 더욱 답답해진다. 사실 우리는 이미 알고 있다. 어떤 사람을 만나고 사랑해야 하며, 어떤 사람은 절대 멀리 해야 하는지. 어떤 심성과 의지로 사랑을 하고, 결혼할 때 어떤 것들을 잘 봐야 하는지에 대해서도 충분히 들었다. 다들 알고 있고, 알고 있다고 믿는다. 문제는 이렇게 알아도 행동으로 이어지지 않는다는 것이다. 음주와 흡연이 건강에 안 좋다는 걸 알면서 끊지 못하는 것과 비슷하다.

∞

'사랑의 삼각형 이론'을 놓고 봐도 사랑의 각 요소 친밀감, 열정, 헌신이 온전하게 어우러지는 사랑을 하는 커플의 비율은 높지 않다. 온전한 모습을 다 갖추지 못한 짧은 순간의 열정 또는 단지 욕망에의 몰두를 '사랑'으로 느꼈다면 그 사람에게는 '사랑'으로 기억될 것이다. '바나나가 안 들어간 바나나 맛 우유'를 그냥 '바나나 우유'라고 부르는 것과 비슷할 뿐이다.

사랑에 한 번 빠졌다고, 급하게 결혼을 선택할 필요는 없다. 아직 어리거나 젊다면, 경험하고 알아야 할 것들이 많다면, 좀더 시간을 갖고 길게 사랑해보라. 어려서 만났기에 앞으로 살아가면서 인격이 성장하고 관점이 확장되고 다양한 경험이 쌓이고 나면, 자신의 판단이 달라질 것이다. 두 사람의 사랑이 '시간의 흐름'을 견딜 수 있는가를 확인해봐야 한다. 사랑에 진심이라면 자신들의 신념과 확신이 견딜 수 있는 시간을 꼭 경험해봐야 한다.

코로나 시대의 사랑

사랑 앞에서 한없이 약해져 본 적이 있는가? 알 수 없는 강한 힘에 이끌려 사랑에 빠지지만, 그 사랑이 순탄하지 않아 고통스러워하면서도 놓지 못하는 그런 경험. 노벨 문학상 수상작가 가브리엘 마르케스의 동명 소설을 원작으로 한 영화 〈콜레라 시대의 사랑〉에 이런 장면이 나온다.

> 장례식이 끝나자 남편의 갑작스러운 죽음을 슬퍼하고 있는 노년의 여성에게로 한 백발의 남성이 다가간다.
> "오랫동안, 이 순간을 기다려왔습니다. 당신을 처음 본 이후로 51년 9개월 4일 동안 변함없이 당신을 사랑해왔습니다."

하지만 여성은 화난 목소리로 외친다.

"플로렌티노 아리사, 당장 나가요! 어떻게 그런 말을 여기서 할 수 있죠. 당장 내 눈앞에서 꺼져요."

페르미나는 분노를 담아 소리친다. 그녀의 분노에 실린 강한 거절의 의사를 알아차린 남성은 더 이상 아무 말도 못 하고 자리를 뜬다. 하지만 그걸로 끝이 난 것은 아니다.

플로렌티노의 고백은 사실이다. 페르미나를 처음 본 순간 시작된 사랑은 페르미나가 다른 남자의 아내가 된 뒤에도 이어졌다. 50년이 넘는 세월이 흘러 그녀의 남편이 사고로 사망하자, 플로렌티노는 장례식이 끝나기를 기다려 페르미나에게 달려갔다. 자신의 마음이 그녀에게 전해지기를 간절히 바라면서. 하지만 콜레라로 수많은 사람이 죽어나가던 시대를 모질게 견뎌낸 사랑의 기다림은 그렇게 면박당한다. 그래도 그의 사랑은 꺾이지 않는다.

50년 넘게 지켜냈다는 그의 사랑은 어떤 것일까? 그 긴 기간 동안 플로렌티노가 그녀만을 마음속에 품었다는 말은 사실일까? 오래 기다린 마음, 그건 정말 사랑이었을까?

∞

그녀만을 사랑했다는 그의 말은 사실이지만, 어쩌면 전혀 사실이 아닐 수도 있다. '사랑'이 어떤 모습이어야 하는가에 대해서는 문화적으로, 개인적으로 허용하고 인정하는 것의 범위가 엄청나게 다르기 때문이다.

내막은 이렇다. 플로렌티노는 페르미나를 사랑해서 평생 결혼을 하지 않았다. 하지만 독신으로 지내는 동안 600명이 훌쩍 넘는 여자와 성관계를 맺었다. 50년 동안 매달 새로운 여자를 만난 셈이다. 그중에는 그가 열중했던 대상들도 있었다. 누구도 대체할 수 없는 유일무이한 특별한 존재를 마음속 깊이 사랑하고 있다고 주장하면서, 수많은 이성을 만나 연정을 쌓는 것이 가능할까?

플로렌티노는 사랑하는 '한 여자'에 대한 그리움을 그 많은 여자들의 품에서 위로받았을지도 모른다. 혹은 여자들을 만날수록 페르미나를 대신할 수 없음을 확인했을지도 모른다.

아무튼 플로렌티노의 행동에 대한 해석은 사랑과 성의 관계를 어떻게 생각하느냐에 따라 평가가 달라진다. 플로렌티노의 입장처럼 사랑하는 사람이 다른 사람과 결혼한 상태라면, 정절이나 배타적 성관계의 문제는 핵심이 아니다. 상대인 페르미나도 그의 성생활에 대해 문제 삼을 것이 없다. 사랑이 없는 성관계는 아예 거부하는 사람도 있지만, 성관계를 사랑과 연결하지 않는 이들도 존재하고, 아예 문화적으로 서로 구분되기도 한다.

∞

페르미나를 향한 플로렌티노의 사랑은 어떻게 시작됐을까? 그는 페르미나를 본 순간 첫눈에 반했다. 그때 그의 나의 열일곱, 페르미나는 열세 살이었다. 페르미나도 그에게 끌렸지만, 주변의 반대가 심했다. 플로렌티노는 가난한 전보 배달꾼이었다. 신분의 차이로 만나기가 힘들다 보니 편지로 마음을 전할 수밖에 없었다. 만날 기회가 거의 없어서 서로에 대해 잘 알지 못했고 함께한 추억도 거의 없었다. 그들은 꿈속의 연인과 같았다.

어느 날 보고 싶은 마음을 가누지 못한 플로렌티노가 마침내 그녀를 만나러 나섰다. 시장의 한 거리에서 마주친 두 사람. 그러나 오랜만에 플로렌티노의 모습을 본 페르미나는 반가움을 느끼기보다 충격을 받는다. 초라한 행색의 플로렌티노를 본 순간, 자신의 설렘과 사랑은 환상이었음을 깨달은 것이다. 환상이 깨지는 순간 주위의 반대가 진실이었다고 느껴지면서 그에 대한 마음을 닫는다. 페르미나는 자신을 진료해준 의사와 결혼한다.

"아직도 살아야 할 많은 나날들을 생각했다."

페르미나는 사랑밖에 없는 관계보다 사랑까지 있는 안정된 미래를 선택한 것이다. 그러나 플로렌티노는 떠난 그녀를 마음에서 지울 수가 없었다. 그의 끝을 알 수 없는 기다림은 그렇게 시작되었다.

“아직도 살아야 할 많은 나날들을 생각했다.”

페르미나가 플로렌티노를 선택했다면 그녀의 인생은 어떻게 되었을까? 살아가면서 후회는 없었을까?

그러나 언제나 가정은 허망한 일이다. 다만 남은 것은 그들이 엇갈린 선택을 했다는 것이고, 그것은 플로렌티노의 인생에 깊은 상흔이 되었다.

∞

이 소설의 배경이 되는 19세기 말 콜롬비아는 전염병 콜레라가 대유행이었다. 죽음이 일상적으로 일어나는 콜레라 시대에 사랑은 더 간절한 생명의 신호였을 것이다. 두려움과 불안 속에서 사랑에 매달리는 것은 어쩌면 구원을 갈망한 것이 아니었을까.

한 세기가 지나고 오늘날 우리 역시 코로나라는 전염병의 대유행을 경험했다. 늘 함께 어울리던 관계가 무너지고 사람을 만나는 기회조차 차단당했고, 제약을 겪었다. 그 경험 속에서 바뀐 것들이 많다. 자의 반 타의 반 '혼밥', '혼술' 등 혼자서 즐기는 문화가 강해졌다.

코로나 시대는 이제 거의 끝이 났다고 하지만, 언제든 또 다른 '팬데믹'으로 인해 서로가 서로를 경계해야 하는 시간이 반복될지도 모른다. 그러다 보면 누군가에게 자연스럽게 다가가는 것은 물론이고, 서로 교제하며 결혼이라는 현실을 함께 준비하는 것 또한 점점 더 어려워질 것이다.

100년 전 콜레라 시대의 사랑은 50년을 기다리는 간절함이 있었는데, 우리의 '코로나 시대'에는 사랑마저 사치로 여길 만큼 위축된 젊은이들을 보게 된다.

그러나 콜레라 시대에도 코로나 시대에도 사랑은 우리 마음을 회복시키는 유일한 힘이다. 저 어려운 시절에도 사랑은 늘 존재했고, 지금 불안하고 힘든 이곳에서도 사랑은 우리에게 희망이다. 그러니 사랑을 포기하지 말라고, 우리에게 여전히 사랑할 힘이 남아 있다는 것에서 용기를 가지라고, 그런 사랑을 꼭 경험하라고 말하고 싶다.

Love Again!

짝사랑

"모든 젊은이는 그렇게 사랑받고자 하고,
모든 소녀는 그렇게 사랑받고 싶어한다."
… 독일 작가이자 철학자 요한 볼프강 폰 괴테 …

"그녀는 중간 정도의 키에 몸매가 아름다운 아가씨였네. 수수한 흰 옷에다 팔과 가슴에는 연분홍색 리본을 단 그녀는 빙 둘러서 아이들에게 나이와 먹성에 맞게 적당히 자른 검은 빵을 나눠주고 있었네.(…) 말할 때마다 그녀의 표정에서는 새로운 매력과 정신의 광채가 퍼져나오더군."*

《젊은 베르테르의 슬픔》은 괴테가 스물다섯 살에 독일의 베츨

* 《젊은 베르테르의 슬픔》(문학동네, 안장혁 번역)

라라는 도시에서 법학 공부를 하던 때, 친구의 약혼녀를 짝사랑했던 자전적 경험을 바탕으로 쓴 소설로 알려져 있다.

"내가 그녀를 이렇게 사랑하고 있는데 정작 다른 남자가 그녀를 사랑할 수 있다는 사실을 나는 가끔 이해할 수 없다네. 나는 오직 그녀만을 마음속 깊이 흠모하고, 그녀 말고는 아무도 알지 못하며, 그녀 말고는 아무것도 가진 게 없는데 말일세!"

남자주인공 베르테르가 첫눈에 반해 사랑하는 여인 로테는 친구 알베르트의 약혼녀다. 친구를 배신하고 적극적으로 로테에게 구애할 수도 없고, 그저 그녀를 자주 찾아가 대화를 나누고 속으로 연모하는 것 이상으로 할 수 있는 게 없다. 이런 안타까운 현실에 스스로 마음을 다잡아보고 단념하려고도 하지만 짝사랑의 열병은 식을 줄을 모르고 친구 알베르트에 대한 질투로 고통스럽기만 하다.

∞

이루어질 수 없는 사랑이 지닌 치명적인 매력이 있다. 함께할 수 없는 대상을 안타깝게 지켜볼 뿐 어떤 만족스러운 보답도 기대할 수 없고, 어떤 희망적인 약속도 바랄 수 없기에 더 간절한 것 말이다. 짝사랑에 빠진 사람들은 기대와 좌절이 동시에 찾아드는 기이

한 열정 속에서 속수무책으로 마음의 열병을 앓는다.

사실 짝사랑은 두 사람이 정확하게 동시에 사랑에 빠지는 경우는 드물고, 어느 정도 사랑의 시차가 있게 마련이라 모든 사랑은 짝사랑으로 시작된다고도 할 수 있다.

그러나 대체로 짝사랑의 현실은 지독한 외로움이고, 상대에게 고백하기 전까지는 오직 공허한 망상 속에만 존재할 수 있다. 물론 고백한다고 해서 상대가 사랑을 받아준다는 보장도 없으니 짝사랑에는 기본적으로 불안과 두려움이 있다. 고백했을 때 상대가 자신의 마음을 받아들이지 않고 거부할까봐, 상대와 친구로도 지낼 수 없게 될까봐, 그래서 더 이상 관계조차 이어갈 수 없게 될까봐. 그래서 고백은 두려운 일이 된다.

∞

짝사랑을 자신의 마음속에 품고 있을 때는 자기 것이지만, 일단 상대에게 드러내고 나면 더 이상 자신만의 것이 아닌 게 된다.

내 사랑을 상대가 아느냐, 모르느냐는 짝사랑을 하는 사람에게는 아주 중요한 문제다. 상대가 알고 있는데도 받아들여지지 못한 사랑은 '외사랑'이란 말로 분류되기도 한다. 제삼자라면 결과에 관심이 쏠리겠지만, 당사자에게는 그 사람을 얼마나 사랑하는지가 훨씬 더 중요하다.

내가 누군가를 사랑하는 것은 그 사랑을 강요하거나, 사랑이란 미명하에 상대를 힘들게 하는 게 아니라면, 다른 사람들이 허용하거나 '잘잘못'을 가릴 일이 아니다.

아직 고백을 못했을 때, 상대의 반응을 전혀 알지 못하는 상황에서 마음을 들키면 부끄럽고 당황스러울 수 있겠지만, 수치심을 느끼거나 자존심이 상하는 문제로 받아들일 필요는 없다. 사랑 앞에서 누구나 다 조심스럽고 여린 마음이 되지만, 자신의 사랑에 당당해야 상대로부터도 존중받을 수 있다. 비록 그 마음은 받아들여지지 않더라도 말이다.

∞

짝사랑은 고백을 하지 못한 가슴앓이인 경우가 많지만, 헤어진 상대에 대한 미련과 집착의 형태로 남기도 한다. 그러다 보면 원하지 않는데 주변을 맴돌면서 계속 접근하려 드는 경우가 있다.

A와 B는 오랫동안 친구 사이였지만 다정한 B의 모습에 어느새 A의 마음은 사랑의 마음으로 바뀌었다. B는 A가 친구로서 괜찮았지만 사랑의 마음은 아니었다. 다만 냉정하게 얘기할 수 없어 조심스럽게 거리두기를 하고 있었다. 그런데 이때부터 A의 사랑은 더 커지고 집착으로 변했다. 대답이 없을수록, 기약이 없을수록, 희망이 없을수록 더욱 강해지는 것이 짝사랑의 기이한 모습이다.

사랑의 감정은 혼자서 품을 수 있지만, 관계로서의 사랑은 '두 사람이 함께하는 것'이어야만 한다. 인격의 경계를 존중할 줄 모르는 일방적인 감정은 강요를 통해 상대에게 침투하려고 하지만 그런 침범에 의해 사랑의 감정이 생겨날 리 없다. 선물도 상대가 받아들여야 선물이다. 상대에게 기쁨을 줄 수 있어야 진짜 선물이다. 선물이니까 상대방이 무조건 좋아할 거라고 생각하는 것은 착각이다. 상대가 원치 않는 감정을 '열 번 찍어 안 넘어가는 나무 없다'며 계속 강요하는 것은 폭력이다. 그럴수록 거부감이 커지고 혐오감을 유발한다.

∞

짝사랑의 감정에 빠지면 혼자만의 노력과 희생으로 두 사람의 관계가 좋아질 거라고 기대하기도 한다. 그러나 그것은 일종의 자기학대다. 마음이 없는 사람에게 일방적으로 헌신하고 노력하는 것은 상대를 불편하게 하고, 자신의 인생을 낭비하는 일이기도 하다.

"그 사람도 언젠가 내 사랑을 알아보고 내 마음에 보답해줄 거야."

"겉으론 무정한 것 같지만, 그 사람도 날 사랑하고 있는 게 틀림없어."

하지만 한 사람의 열망과 환상과 노력으로만 유지되는 관계라면 온전할 수 없다. '자기가 사랑하는 것'에만 너무 집중하면 '서로 사랑하는 것'은 도달하기 힘든 꿈이 되고 만다.

따라서 짝사랑에 머물든 상호적인 사랑으로 나아가든 기억해야 할 것은 자기 사랑에만 취할 것이 아니라 상대방의 개인적인 공간과 마음을 존중해야 한다는 점이다. 자칫 상대의 기쁨과 슬픔, 희망과 두려움을 이해하려는 노력이 상대에게 내 마음을 강요하는 일이 되어 사랑이 본래 모습을 잃을 수도 있기 때문이다.

∞

사랑하는 사람의 마음을 알아가는 과정은 그 자체로 특별한 여정이다. 그 여정은 때때로 우리를 혼란스럽게 하고 불안하게 만들지만, 그 과정을 통해 우리는 스스로에 대해 더 깊이 이해하고, 더 성장할 수 있다. 사랑의 본질은 나와 상대를 이해하려는 마음속 깊은 욕구를 알아차리는 일이기 때문이다.

상심

"왜 나는 사랑을 위해 만들어졌음에도
내게 사랑은 허락되지 않는까?"
… 영국 시인 새뮤얼 테일러 콜리지 …

"군대 가기 전에 사귀던 여자친구가 있었어요.
시간 날 때마다 열심히 편지를 보내곤 했죠.
그러다가 어느 순간부터 답장이 뜸해지더니 제대할 무렵,
갑자기 그녀가 헤어지자고 하더라고요.
당장 휴가를 얻어 여자친구를 만났는데,
막상 뭐라고 해야 할지 말이 제대로 안 나오더라고요.
이대로 헤어질 수 없다는 생각에 붙잡아도 보았지만, 무심한 얼굴로 앉아 더 이상 저를 좋아하지 않는다는 상대에게 무슨 말을 해야 할지 모르겠더라고요.
한동안 먹지도 자지도 못하고 심장이 찢어질 것 같은 고통

속에서 그렇게 한 6개월이 흘렀나봐요. 그런데 참 웃기죠? 어느 순간 내가 그녀를 왜 사랑했는지 의아해지더라고요."

몇 년 전 A와 사람의 감정에 대해 이야기를 나눈 적이 있다. A는 자신이 실연당한 경험을 담담히 이야기하면서 한때는 죽을 만큼 사랑했던 사이였는데, 사람의 감정이 이렇게 쉽게 변하는 것인지 몰랐다며 씁쓸하게 웃어보였다.

이별은 예측하지 못한 순간에 찾아온다. 아무리 좋은 사람을 만났다 해도 어떤 사건이나 외적 요건들로 인해 관계가 깨질 수 있고, 오해나 사소한 갈등이 반복되면서 헤어지기도 한다. 그리고 이별의 후폭풍을 경험한다.

연인과의 결별은 긍정적이고 가슴 뛰게 하는 세계가 몰락하고, 아무것도 할 수 없는 심연 속으로 가라앉는 것처럼 느껴진다. 문득 문득 떠오르는 추억들이 마음의 상처를 더 쓰라리게 하고 가슴을 후려친다. 죄책감, 원망, 미움, 허무함과 그리움 등 온갖 감정이 소용돌이치듯 몰려온다.

∞

다시 함께할 수 없다는 걸 알면서도 '어떻게 관계를 되돌릴 수 있을까?' 헛된 기대를 품기도 한다. 상실의 고통 때문에 이미 끊어진 관계에 집착하면서 이별을 거부한다. 혼자가 되는 현실이 두려워 고통스럽더라도 '맞지 않는 짝' 옆에 계속 남아 있으려는 사람도 있다.

사랑하는 사람과 헤어져 느끼는 마음의 고통은 우리 신체에까지 영향을 미쳐 실제로 아픈 것은 정신이지만 우리 몸도 아프다고 느끼기도 한다. 실제로 아드레날린 등 호르몬이 과다 분비되어 가슴이 찢어질 것 같은 고통을 느끼거나 숨이 잘 안 쉬어지는 신체 현상들이 나타난다. 이와 같은 증상을 '상심 증후군Broken Heart Syndrome'이라고 하는데, 이별 후유증이 심할 경우 일어나는 신체 현상이다.

∞

어떤 이별이든 시간이 지나면 감정 정리가 되지만 경우에 따라 일상이 무너져 극심한 후유증을 앓기도 한다. "사랑했던 만큼 고통도 크다"는 말이 "고통이 클수록 사랑이 깊다"는 뜻으로 왜곡되어 상실의 고통을 더 오래 붙잡고 있으려는 사람도 있다 사랑의 상처가 그렇게 깊어서 "이제 그 누구도 사랑할 수 없다, 사랑하지 않겠다"는 주장이 마치 사랑을 증명하는 것처럼 잘못 받아들여지기도 한다.

∞

우리는 결별을 두려워한다. 사랑의 맹세를 취소하는 건 누구에게나 쉽지 않고, 무엇보다 이별 후 혼자 남겨지는 게 두려워서다.

그래도 누군가는 서로를 위해 결단해야 한다. 정직하고 정중하게 말하는 것은 사랑했던 사람에 대한 예의고, 자신에 대한 의무다. 결별이 꼭 사랑의 실패는 아니다. 오히려 결별해야 하는데도 우유부단하게 관계의 끈을 놓지 못하는 것이 더 문제일 수 있다.

사랑을 잃는다는 것, 사랑했던 사람이 떠나간다는 것, 무엇보다도 다시 혼자가 된다는 것은 피하고 싶은 일이다. 내 인생을 꽉 채우던 것이 사라져 폐허만 남은 것 같고, 인생에서 실패한 것처럼 느껴진다. 하지만 혼자가 되는 것을 당당히 받아들여야 그 이별이 우리에게 가르치는 것을 배울 수 있다.

만약 이미 끊어져 버린 관계의 현실을 거부한 채 혼자만의 세상에 깊이 침잠하고 있다면 자신에게 이렇게 말을 건네보자.

'왜 헤어진 사람이 내 삶에 계속 영향을 미치도록 놔두는 거지?'

'왜 그 사람을 세워두고 누군가 다가오지 못하도록 막고 있지?'

어쩌면 상대는 이미 훌훌 털어버렸는데 당신만 이별의 아픔 속에 너무 깊이 가라앉아 있는지도 모른다.

∞

이별 후에는 회복할 시간이 필요하다. 각자 회복의 시간은 다를 수 있으니 스스로를 너무 다그치지 말고 자신에게 충분히 시간을 내주자. 누군가를 온 마음 다해 사랑했다는 것은 인생을 그만큼 열중해서 살았다는 것이고, 그만큼의 시간을 사랑의 추억으로 채웠다는 뜻이다. 그렇게 누군가를 사랑할 수 있는 능력을 발휘했다는 뜻이기도 하다. 그러니 누군가를 또 사랑하는 것도 얼마든지 가능하다. 서두르지 말고, 일상의 작은 기쁨들을 누리면서 자신을 돌보자. 마음이 회복되면 다른 누군가의 마음을 설레게 할 새로운 힘이 생겨날 것이다. 우리는 사랑하도록 만들어진 존재이므로, 또다시 사랑 속으로 걸어가게 될 것이다.

사랑의 지배

"날 추앙해요. 난 한 번도 채워진 적이 없어.
개새끼, 개새끼. 내가 만났던 놈들은 다 개새끼.
그러니까 날 추앙해요. 가득 채워지게.
(…)
당신은 어떤 일이든 해야 돼요.
난 한 번은 채워지고 싶어.
그러니까 날 추앙해요.
사랑으론 안 돼. 추앙해요."

… JTBC 드라마 〈나의 해방일지〉 중에서 …

〈나의 해방일지〉라는 드라마는 꽤나 오랫동안 사람들에게 회자되었다. 이 드라마 여주인공이 상대에게 강조한 말이 '추앙'이었다. 존중보다 더 높이 여기는 마음, 여주인공은 추앙을 받고 싶어했다.

드라마의 이 장면에서는 여주인공의 말에 충분히 공감이 되지만, 현실에서 상대가 계속 자신을 '추앙'하라고 요구한다면 위험한 것이다.

있는 그대로도 충분히 좋은 것을 과하게 포장하고 지나친 의미를 부여하면, 왜곡이 생긴다. 원래의 모습이 훼손되고, 본 모습을 잃는다. 이미 충분히 좋은 커피에 시럽과 토핑을 쏟아부으면 원래

커피 맛이 가려지고 단맛과 토핑 맛만 느껴진다. 화장이 진하다 못해 분장이 되면 원래 얼굴을 알기 어려운 것과 마찬가지다.

∞

'찬양'이나 '과장'이 애정의 보조 역할을 넘어서서 주역이 되고, 규범과 관례로 반복되면 진실한 마음을 볼 수 없게 만든다. 모두가 과장하는 상황에서는 과장 없이 사실만을 말하는 사람이 오히려 진심이 느껴지지 않는다는 눈초리를 받는다. 터무니없는 가격을 적어놓고, 엄청난 할인율로 깎아주는 상술 앞에서 원래부터 정직한 가격으로 판매하는 상인은 '깎아주지도 않는 야박한 주인'이 되고 만다.

아버지에 대한 애정을 과장하는 두 딸의 감언이설에 넘어가는 《리어왕》*처럼 진실을 분간하는 능력이 손상된다. 그러면 진실한 사랑도 못 알아본다. 사실을 말하는 이는 미움을 받아 쫓겨나고, 거짓을 쏟아내는 입술에는 특혜가 주어진다. 꾸미고 부풀리는 말들은 소박한 진실을 묻어버리고, 소중한 진심을 알아차리지 못하게 만든다.

---

* 셰익스피어의 4대 비극 중 하나. 리어왕은 세 공주 중 진실을 말한 셋째에게 삐쳐서 부왕에 대한 사랑을 과장한 장녀와 차녀에게만 왕국을 나눠줬다가 비극을 겪게 된다.

∞

폴 엘뤼아르의 서사 〈자유〉에서 '나는 너의 이름을 쓴다'는 표현처럼 많은 연인들이 담벼락에, 옹벽 위 표지판과 건물 벽에 '사랑'을 그리고, 이름을 새겨 넣는다. 영원한 사랑을 맹세하듯 새긴 이름들이 그들의 사랑을 증명한다고 자신한다.

과장된 말과 행동으로 사랑을 지킬 수 있다면 사랑이 얼마나 쉬울까? 맹세와 장담으로 사랑을 지켜낼 수 있다면 세상 어디에 이별의 고통이 있겠는가?

∞

상대를 신성시하는 것이나, 자신들의 사랑을 위대하게 포장하는 것이나 모두 '사랑'보다는 '신성시'와 '포장'에 무게가 실린다. 때로 찬양은 상대에게 맹목적으로 따르기를 요구한다.

사랑이 마음에 들어오면 원래 '독재'가 일어나기 쉽다. 사랑은 마음속에서 다른 어떤 것들보다 우위에 서기 때문이다. 자기가 느끼는 사랑의 감정을 위해 애인이나 배우자의 마음을 조종하려고 든다. '나의 넘치는 사랑이 원하는 대로 따르라'는 감정의 지배를 시도한다. 상대가 아니라 '자신의 사랑'을 더 사랑하는 것이다.

"이런 내 마음 모르겠어? 사랑해서 하는 거잖아."

"왜 내 마음을 몰라줘?"

"우리의 사랑을 위해 이런 건 해줘야지."

아주 유난스러운 커플들은 자신의 감정을 위해 하는 모든 일을 정당화하려고 한다. 자기들에게만 기적과 축복이 일어난 것처럼 행동한다. 그 위대한 사랑을 하는 두 사람의 마음은 같아야 한다고 여기고 마음이 일치하지 않으면 크게 실망한다.

"저 사람은 어떻게 저런 식으로 생각하지?"

"맞는 게 하나도 없네. 우리는, 아니, 쟤는 나랑 너무 안 맞아."

"저 사람은 왜 저렇게 터무니없는 짓을 하는 걸까?"

우리는 '부부일심동체'란 말을 여전히 언급할 정도로 '일치'를 중시한다. 그러다 보면 놓치게 되는 것이 있다. 서로의 다름을 인정하고 존중하는 것이 관계의 기본임을 놓쳐버린다.

사랑의 이름으로 상대방의 다른 점을 의심하고 용납하지 않으며, 다른 점들이 발견될 때마다 사랑을 흔드는 증거로 악용되기도 한다. 그리고 한쪽의 생각을 다른 쪽에 주입하려는 행동을 유발한다.

"내가 하라는 대로 하라고!"

"왜 내 말을 못 알아들어. 내가 뭐라고 시켰어?"

"내가 하라는 대로 했으면 아무 문제가 없었잖아. 내가 시키는 대로만 해!"

서로 다른 점이 발견될 때마다 '기죽은 쪽'은 자신이 바뀌어야 한다는 심리적 압박을 받는다. 상대가 잘못이고, 상대가 바뀌어야 자기가 행복해지고, 우리가 행복해질 수 있다는 믿음은 정신적인 구속으로 이어진다. 정말로 문제고 바뀌어야 하는 건 주도권을 무기처럼 휘두르며 사랑하는 이를 상처입히는 사람인데 말이다.

사랑한다는 이유로, 아니 어떤 이유로도 자기 자신을 누군가의 발밑에 내려놓아서는 안 된다. 사랑이란 지배가 아니다.

잘못된 길

우리는 스스로 행복해져야 할 책임이 있다. 하지만 결혼을 하거나 연인이 생기면 자기의 행복을 상대의 책임으로 떠넘기는 일이 종종 생긴다. 만약 상대가 "내가 행복하지 못한 건 너 때문이야. 네가 날 위해 노력하지 않으니까" "내가 이러는 건 다 너를 좋아해서야"라고 지속적으로 이야기한다면, 단순한 연인 간의 싸움에서 불만족을 토로하는 게 아니라 상대방의 심리를 교묘하게 조종하고 통제하려는 행위일 수 있다.

사랑은 강요의 반대편에 서 있다. 만약 사랑받지 못할까봐 두려워서 그런 강요와 통제를 받아들이면 판단력을 상실해 자칫 기만과 착취의 희생자가 될 수도 있다.

"왜 이것밖에 안돼? 날 사랑한다면 더 해줘야지."

이런 요구를 지속적으로 받으면 자신이 부족한 존재로 느껴지고, 눈치 보고, 사리분별을 못 하는 사람이 된다. 상대에게 호통치고, 모욕하고, 경멸의 눈길을 보내고, 명령하고, 굴복시키는 것이 '사랑'이라고 믿는 사람도 형편없어지기는 마찬가지다. 사랑이 아닌 증거로 이보다 더 명백한 것들이 있을까?

"왜 저런 사람과의 관계를 이어가야 하는가?"

이런 질문에 답을 할 수 없게 될 때마다 자괴감이 들고 마음은 고통스럽다.

'이 사람'을 놓치면 '그만한 다른 사람'을 못 만날 것 같다는 생각에 두려워지고, '이미 투자한 시간과 비용'도 중도 포기하기에는 너무 아깝다. '뚜렷한 대안'이 없는데, 이미 가진 것을 포기한다는 것은 새로운 직장을 구하기도 전에 사표부터 쓰는 것 같아 결단을 내리기 힘들다. 하지만 아무런 대안이 없어도 꼭 그만두어야 하는 관계가 있다. 상대는 비난하고 자신은 변명하고 사과하는 것이 반복되는 경우다.

"기분 나쁘게 해서 미안해."

"그런 게 아닌데, 그렇게 화내지 마."

"내가 잘못했어."

뭘 잘못했는지도 모르면서 번번이 사과하고, 용서를 비는 것은 위험한 신호다. 더 정확하게는 자꾸만 스스로를 의심하게 만들어 상대의 지배력을 높이는 '가스라이팅'을 당하고 있는 것이다.

가스라이팅에 능한 사람은 상대를 점점 더 주눅 들게 하고, 불안하게 하고, 자존감을 떨어뜨려서 자기 마음대로 조종하려 든다. 상대방의 횡포에 당하는 사람은 거미줄에 걸린 곤충처럼 꼼짝하지 못하고, 맞설 용기도 내지 못한다. 불화와 갈등이 겁나서 오히려 '자기 탓'으로 위기를 넘기려 한다. 하지만 그럴 때마다 더 착취당하기 쉬운 상태가 되고, 영혼은 병들어 간다.

∞

가스라이팅을 당하면서도 초기에는 모르는 경우가 많다. 웬만한 정신력과 이지, 높은 자존감과 건전한 판단력을 가지지 않으면 상대의 교묘한 언변과 집요하고 비인간적인 술수를 파악하고 대처하기 어렵다.

'내가 사랑한 사람이 인격 파탄자라니.'

설사 '나를 사랑한다'는 상대방의 말도 그저 환심을 사기 위한 술책에 불과하고, 거짓이었다는 사실을 알게 되더라도 받아들이기 쉽지 않다. 그것은 지난 세월 쏟은 사랑을 내려놓는 일이고, 철

석같이 믿고 싶었던 사랑의 맹세를 스스로 부정해야 하기 때문이다. 그래서 '시간이 지나면,' '내가 더 사랑하면' 달라질 거라는 헛된 기대를 놓지 못한다.

∞

가스라이팅을 하는 사람은 다른 사람의 호의를 당연한 권리처럼 이용하고 본인의 감정을 소모하지 않기 때문에 아주 편안한 상태에서 남을 힘들게 한다. 상대와 감정적으로 깊게 연결되지 않았기 때문에 상대의 감정도 개의치 않는다. 다만 자신의 편의에 맞게 상대를 길들이려 할 뿐이다. 높은 기준을 요구하고 달성하지 못한 것에 대해 죄책감을 유발한다. 이런 사람에게 '최선을 다하는 것'은 아무런 의미도 없다. 잘 해내도 항상 더 높은 기준을 내세워 꼬투리를 잡고, 내리깎고, 모욕을 주는 방법을 동원하기 때문에 아무리 노력해도 만족시킬 수가 없다.

많은 사람이 상대가 온당하지 않은 요구나 부당한 주장을 강요하는데도 '사랑을 지킨다'는 명분으로 수용하거나 묵인한다. 관계가 깨지거나 불화가 일어나는 게 너무 싫어서다.

∞

최선을 다해 사랑을 쏟아부었어도 소용없다는 걸 알고 나면 기꺼이 단념하고 돌아설 줄도 알아야 한다. 그것이 진정한 용기다.

'이제라도 알게 돼서 정말 다행이야.'

이렇게 자신을 위로할 때 지금까지 사랑을 위해 쏟은 시간이 헛되지 않을 수 있다. 후회하며 자책하지는 말자. 사랑이 아닌 것을 더는 사랑하지 않게 되었을 뿐이므로. 잘못된 길을 스스로 포기할 수 있는 능력은 오직 자신이 사랑의 주체가 되려고 할 때에만 생겨난다. 두려움 때문에 사랑의 주체가 되지 못하는 사람은 그래서 잘못된 길로 더 깊이 끌려간다.

혹시 지금 곁에 있는 사람이 강요와 지배, 이기적인 성향이 강하다면, 당신을 길들여서 자신의 지시를 따르게 하고 있다면 헛된 기대를 버리고 당신 자신을 지켜야 한다.

당신은 행복한 사랑을 할 권리가 있다. 당신에게는 자신을 행복하게 할 책임이 있다. 사랑이 아닌 것에 당신의 사랑을 낭비하지 말라.

사랑의 종말

"서로 미워하는 두 죄수가 사슬에 함께 묶여 있는 것처럼,
서로의 삶을 해치면서도 그것을 외면하려 했지.
그때는 몰랐네.
결혼한 사람들 99%가 나처럼 지옥에 살고 있으며,
달리 방법이 없다는 것을."
… 레오 톨스토이, 《크로이처 소나타》 중에서 …

서로 사랑한다고 해도 사랑의 크기가 똑같은 것은 아니어서 자기의 사랑이 보답받지 못하는 경험을 피할 수 없다. 그런 순간이 길어지고 잦아지면 사랑했던 마음의 자리에 미움과 원망이 자라난다.

쌓이는 것보다 빠져나가는 것이 더 많기에 사랑의 통장 잔고는 줄어든다. 두 조각의 이음새가 애초부터 맞지 않으면 아무리 힘껏 움켜잡으려고 해도 사랑의 기운이 새어나가는 걸 막을 수 없다. '힘껏'은 오랫동안 해낼 수 있는 것이 아니다.

∞

사랑은 사람을 바꿀 수는 있지만 아주 잠시뿐이다. 한동안은 본성을 숨길 수 있을지 몰라도 결국은 본모습을 드러낸다. 신데렐라

의 호박마차와 아름다운 의상이 밤 12시가 지나면 본모습으로 돌아가는 것처럼. 상대의 환심을 사기 위한 시간이 지나면 본성대로 행동하는 때가 온다.

∞

그렇게 상대에 대한 환상이 깨진 뒤 부부는 어떻게 사는가. 사랑은 떠나버렸지만, '함께 살아온 날들의 관성'으로 살아가는 부부들이 있다. 각자로 사는 번거로움과 불편이 싫어서 같이 살고 있을 뿐이다. 새로운 출발을 하기에는 너무 늦은 듯하고, 더 나은 시작이 보장되어 있지도 않고, 혼자 사는 것은 힘들고 두려워서다. 사랑을 끝내고 서로 적이 되는 대신, 무덤덤한 동거인이 되기로 선택하는 것이다. 서로 행복해지기 위해서가 아니라, 각자 불행해지는 것을 피하려고 '공동 거주'를 이어가는 것이다. 이런 부부에게 사랑은 추억을 지나 화석처럼 기억된다.

그나마 '정'이란 감정을 여전히 느낀다면, 아직 애정의 스펙트럼에 속해 있다고 할 수 있다. 대개는 애정 스펙트럼의 맨 끝자리에 걸치거나, 스펙트럼 밖에 존재하는 다른 감정과 생각들이 사랑했던 마음을 대체한다. 의리감, 책임감, 이미 만들어진 역할에 대한 기대와 필요, 익숙해서 새롭지는 않지만 예측가능하다는 안정감, 위험하지 않다는 판단과 같은 것들이다.

∞

오래 함께하는 것이 성공적인 결혼을 하고 싶은 사람들의 목표이겠지만, 같이 오래 살았다는 것 하나만으로 성공한 결혼이라고 볼 수는 없다. 함께 지낸 세월에 의미를 못 느끼면, 그 이후의 시간에서도 두 사람의 좋았던 관계를 복원하거나 다시 사랑으로 채우려는 노력도 시도되지 않는다. 그것이 성공할 수 없고, 더는 무의미하다는 판단이 확고해진다. 설사 한쪽이 채우려는 노력을 한다 해도 다른 쪽이 무성의하게 반응하면 실패하기 쉽고, 그 뒤론 서로 일정한 거리를 유지하는 게 편하다고 느낀다. 성적 욕구도 서로를 묶어 놓지 못한다.

사랑이 소멸한 것이다. 요란하게 혹은 비극적으로 사라져버린 것이 아니라, 뜨거웠던 여름이 가을을 지나 겨울로 바뀌듯 그렇게 다른 계절이 되고 말았다.

오직 한 사람만 사랑한다고 했던 그 마음, 그 불타던 눈동자들이 그만 약해지고, 흔들리는 것을 보고 있노라면, 사랑 참 그렇다.

'영원히'라는 감옥

"인생에는 아주 큰 비극이 두 가지 있으니,
하나는 사랑하는 사람을 잃는 것이고,
다른 하나는 사랑하는 사람을 얻는 것이다."
… 아일랜드 극작가 오스카 와일드 …

결혼 5년차 C는 결혼할 때 경제적 능력보다 따뜻한 성품을 가진 남자를 만나고 싶었다. 3년 동안 연애를 하고 구 남친이 현 남편으로 승급이 된 것은 다행히 따듯한 사람이라고 믿어져서였다. 표현도 낭만적이었고 "저 하늘의 별을 따다 줄게"라며 자신에 대해 한결같은 마음을 보였기 때문이다. 그런데 결혼한 지 3년이 지나갈 무렵부터 화 한 번 제대로 안 낼 거라 생각했던 그 남자는 어디로 사라지고, 매사에 불만투성이고 분노 조절을 못하는 낯선 사람이 눈앞에 나타났다.

보수적인 가정환경에서 자란 탓에 이혼은 생각조차 해본

적이 없었고 결혼하면 평생 살아야 한다고 생각했다. 하지만 아이 때문에 언제 터질지 모르는 폭탄 같은 사람과 평생을 살아야 한다는 것은 생각만 해도 끔찍한 일이었다. 그럼에도 결혼에 실패하면 인생도 실패한 것처럼 느껴져서 선뜻 결정을 할 수가 없었다.

최근 이혼한 부부나 갈등 관계에 있는 부부가 TV 프로그램에 출연해 그다지 행복하지 않은 결혼생활의 경험담을 언급하는 사례가 늘고 있다. 그들도 한때는 영원한 사랑을 맹세하며 서로를 아끼고, 함께 즐거움을 나누었을 것이다. 그러나 C의 경우처럼 상대가 결혼한 뒤 연애할 때와 다른 모습을 보이거나, 혹은 본모습을 제대로 못 본 탓으로 결혼생활에 고통을 겪는다.

∞

사랑했다면 그 시간이 길든 짧든 그걸로 충분하다. "오래도록 행복하게 살았습니다"가 아니어도 괜찮다. 상대와 서로 같은 마음이었음을 느꼈으면, 인생에 축복이 있었던 것이다. 설사 그 기간이 길지 않았더라도.

우리가 열흘을 못 넘기는 왕벚꽃에 마음이 설레고 감탄하는 것은 꽃들이 결국 질 수밖에 없기에 피어 있는 순간이 더 애틋하고 특별하게 느껴져서다. 그리고 개화하기까지 준비하는 시간을 따져

보면 말없이 그 꽃들을 피워낸 나무에게 감동하게 된다.

봄부터의 기다림이 있어야 가을 한철 탐스러운 국화꽃에 빠져들 수 있다. 엄동설한을 겪어낸 목련이 이른 봄을 찬란하게 만든다. 백일 동안 핀다는 백일홍도 꽃을 이어 피기 전까지 오랜 기다림을 견뎌야 한다. 결국 기다리고 준비하는 과정을 거쳐야 비로소 발화發花하고 열매를 맺는 것이다.

∞

사랑도 꽃과 같다. 아름다운 사랑이 소멸하지 않기를 바라며, 영원히 그 꽃이 지지 않게 해주겠다는 약속을 하지만, 약속을 한다고 만발했던 꽃이 지는 것을 막을 수는 없다. 계절이 한 바퀴 돌아 다시 꽃을 계속 피워내는 것도 있지만, 그렇지 못한 것들도 많다. 해마다 꽃을 피우는 것들은 다 뿌리와 줄기가 단단한 것들만 있는 게 아니다. 강한 나무라고 생각했던 것에서도 꽃이 나지 않고, 약해 보였던 가지에서 꽃이 피기도 하고 열매 맺기도 한다. 그러고 보면 추위와 무더위를 얼마나 굳센 의지로 잘 견뎌냈는지가 더 중요한 것 같기도 하다.

∞

"저 하늘의 별을 따다 줄게"라고 말해야 상대가 자신을 사랑해 줄 거라고 믿는 사람은 계속해서 '별을 따다 주는 시늉'을 해야 한다. 상대도 시늉 정도에 만족할 줄 알아야 하는데, 계속 그 '별'을 내

놓으라고 한다면 어찌할까.

두 사람은 공주도 왕자도 아니고, 두 사람의 영토가 존재하지 않아도, 영원을 약속하지 않아도, 얼마든지 두 사람의 마음을 가득 채우는 사랑을 할 수 있다. 애초부터 과장된 몸짓과 헛된 약속은 필요치 않았을지도 모른다.

∞

사랑에 대한 과장은 어떤 사람들의 연애와 사랑의 현실에서 서로를 이어주고 관계를 지탱해주는 주요 역할을 담당한다. 상대에 대해서, 자신에 대해서, 둘의 관계와 미래에 대한 반복된 과장이 요구되고 제공된다. 지불 능력이나 잔액이 확인되지 않은 사랑의 수표와 어음들이 남발된다. 발행만 하면 사랑의 입증 능력이 있다고 믿는다. 수요와 공급의 원리에 의해, 허풍과 과장을 생산하는 사람과 소비하는 사람들의 만남이 계속된다.

결국 '모든 것'과 '그 어떤 것', '언제나'와 '영원히'에 대한 약속이 실체가 없었다는 것을 알아차린다. 둘 중의 하나가 '먼저' 깨달으면 불만이 커지고, 둘 다 깨달으면 관계의 문제가 해소되는 길로 들어선다.

C의 경우 남편이 변하기를 기다리거나, 그럴 수 없다면 그곳에서 걸어 나오는 결정을 할 수 있다. 물론 관계를 정리하는 것은 절대로 쉽지 않은 일이다. 하지만 현재의 관계를 유지하기 위해 너무

큰 노력과 희생이 계속 요구된다면, 그리고 더 이상 관계의 무게를 감당할 수 없다는 것을 깨닫게 된다면, 관계를 포기하는 선택을 할 수도 있어야 한다. 그 선택은 다른 사랑이 없다고 느낄수록 무겁고 힘들겠지만, 다시 사랑할 수 있다는 것을 믿는다면 좀더 용기를 낼 수 있을 것이다.

Love (is a) Story

"인생에는 한 가지 행복만 있을 뿐이다,
사랑하고 사랑받는 것."
… 프랑스 소설가 조르주 상드 …

사랑의 삼각형 이론을 제시한 스턴버그는 '사랑이라는 두 사람의 조합은 아주 다양하게 전개되는 이야기story'라고 설명한다. 서로의 관계를 어떻게 설정하고 각자 어떤 역할을 하느냐가 사랑 이야기를 만들고 사랑을 채워간다고 말한다. 여러 가지 이야기가 있다는 것은 애초부터 서로 다른 사랑을 할 수도 있다는 뜻이다. 표에서 볼 수 있듯이 26개나 되는 사랑 이야기가 존재한다.*

* Robert J. Sternberg, 《Love is a Story》 (Oxford)

로버트 스턴버그의 사랑 이야기들

1. 불균등한 이야기
 ① 선생-학생의 이야기
 ② 희생 이야기
 ③ 독재(정부) 이야기
 ④ 경찰 이야기
 ⑤ 포르노 이야기
 ⑥ 공포 이야기

2. 객체 이야기
1) 사람을 객체로
 ① SF 이야기
 ② 수집 이야기
 ③ 예술 이야기

2) 관계를 객체로
 ④ 집과 가정 이야기
 ⑤ 회복 이야기
 ⑥ 종교 이야기
 ⑦ 게임 이야기

3. 협조 이야기
 ① 여행 이야기
 ② 바늘과 뜨개질 이야기
 ③ 정원 이야기
 ④ 비즈니스 이야기
 ⑤ 중독 이야기

4. 서술적 이야기
 ① 판타지 이야기
 ② 역사 이야기
 ③ 과학 이야기
 ④ 요리책 이야기

5. 장르 이야기
 ① 전쟁 이야기
 ② 극장 이야기
 ③ 유머 이야기
 ④ 미스터리 이야기

제목만 봐도 어떤 이야기를 담고 있을지 짐작이 갈 정도다. 두 사람의 관계가 불평등한 이야기, 서로 사랑하는 것이 아니라 내가 사랑하는 데에 상대가 참여하게 되는 이야기, 관계를 객체로 동원하는 이야기, 서로 돕는 것이 중시되는 이야기, 인생을 서술하는 방식으로 사랑이 전개되는 이야기, 문학이나 영화의 장르처럼 구분되는 이야기로 크게 나눠진다. 각각의 이야기는 다양한 소재로 세분된다.

불평등한 이야기를 살펴보면 선생과 학생의 관계처럼 한쪽이 다른 쪽을 가르치고 이끌어 간다거나, 아예 지배하고 감시하기도 하고, 한쪽의 희생만 강요하거나 상대방을 공포에 떨게 만드는 구조다. 동등하지 않은 사람들의 사랑은 비탈에서 떨어뜨린 공처럼 구르기 시작해 결국 밑바닥에 이를 수밖에 없다.

∞

각각의 이야기들은 얼마나 다양한 사랑이 존재하는지, 지향점이 얼마나 다른지를 알게 해준다. 바람직한 사랑의 이야기도 있지만, 그렇지 않은 이야기도 분명 존재한다. 사랑의 이야기는 '사랑한다'란 말의 뜻을 자기 방식으로만 해석해서는 절대 안 된다는 교훈을 시사한다. "당신을 사랑해요"라고 할 때 그 '사랑'이 어떤 것인지 알아차려야 한다는 뜻이다.

누군가는 자기의 인생과 감정과 편의를 위해 '사랑이라는 관계'를 이용한다. 연인이나 배우자를 수단으로 삼아 자신의 욕구를 채우는 방식은 수백 가지도 넘을 것이다.

애정 관계만이 아니라 다른 사회적 관계에서도 누구나 타인의 수단이 될 때가 있다. 그래서 수단이나 목적으로 이용당하지 않도록 잘 알아차릴 필요가 있다.

물론 애정관계에서 두 사람은 서로 수단이나 도구의 역할을 주고받기도 한다. 상황과 필요 때문에 다양한 역할을 해야 할 때도 많다. 커플은 누구나 서로의 요리사, 운전사, 비서, 경비, 경호원, 가사도우미, 상담가, 보조, 간호사, 정비사 등의 역할을 하게 된다.

핵심은 사랑하는 사람들은 오직 이런 목적을 위해서만 상대를 필요로 하지는 않는다는 점이다. 사랑하는 사람을 위한 봉사는 당연하지만, 오직 봉사와 노동만을 위해 상대를 이용하는 것은 사랑이 될 수 없다.

∞

사랑은 단 하나의 이야기가 아니다. 사랑하는 두 사람 사이에는 다양한 이야기가 전개될 수 있다. 중요한 것은 두 사람이 어떤 사랑을 하고 있는가이다. 사랑에 빠지는 데에만, 상대의 마음을 얻는 데에만 열중하다가 두 사람이 어떤 사랑을 하고 있는지를 놓쳐서는 안 된다. 두 사람이 만들어가는 줄 알았던 사랑의 이야기가 실제로는 상대가 다 만들어놓은 이야기이고 자신을 소품처럼 다루려고 한다면 그 이야기에 계속 남아 있을 필요가 있는가?

어림짐작의 함정

"보조개와 사랑에 빠진 남자가
그 여자 전체와 결혼하는 실수를 범한다."
… 캐나다 작가 스티븐 리콕 …

사랑에 빠진 사람들의 흔한 실수 중 하나는 진짜 잘 봐야 할 것을 건성으로 보는 것이다. 복잡하기만 한 삶과 상대방까지도 감정적으로 어림짐작하여 단순화해버린다. 그래서 행복의 절정, 사랑의 완성일 줄만 알았던 결혼생활이 서로 안 맞는 것들을 억지로 맞추려는 과정이 되어버린다. 어째서 우리는 서로 잘 맞는 짝을 고르는 일에 이렇게나 많이 실패할까?

애초부터 자신에게 잘 맞는 짝에 대한 기준이나 근거가 부족해서다. 뭘 살지 정하지도 않고 나섰다가 충동구매를 하는 것과 별반 다르지 않게 누군가에게 빠지는 일이 일어난다. 그래서 이렇게 말한다.

"저 사람이 마음에 든다."

그러나 '왜 꼭 저 사람인가?'라는 질문에는 답하지 못한다.

그냥 그 사람이 좋아지고 나니 그 사람의 모든 게 좋아 보인다. '알지 못해도 상관없다'고 믿는다. 이런 태도가 사랑의 순수함으로 포장된다. 그런 감정은 일시적이며 다른 사람에게도 얼마든지 그런 감정을 느낄 수 있다는 사실을 간과한다.

∞

누군가를 만나 호감이 생기면 조바심을 느낀다. 놓치면 안 된다는 생각에 '내가 좋아하는 품성을 가졌는가?'보다 '그 사람의 마음에 들어야겠다'가 우선이고, '우리가 잘 맞을까'보다 '잘 되었으면 좋겠다'는 바람이 앞선다. 이것이 성급한 선택을 낳는다.

누군가를 좋아하게 되는 데 긴 생각이 필요했던 적은 거의 없다. 그 사람과 함께 있고, 함께하는 것들이 너무 좋게 느껴져서 그 순간을 유지하는 게 유일한 관심사다. 옷이나 자동차도 '너무 마음에 든다'는 느낌만으로 구매했다가는 후회하기 십상인데, 일생에서 가장 중요한 결혼을 그런 식으로 결정했다면 어떻게 될까?

∞

우리가 충분히 알지도 못하면서 확신하게 되는 것은 사실 제한된 정보에도 속단을 통해 안다고 생각하는 휴리스틱이란 판단 체계 때문이다.

'휴리스틱Heuristics'은 시간이나 정보가 불충분하여 합리적인 판단을 할 수 없거나, 굳이 체계적이고 합리적인 판단을 할 필요가 없는 상황에서 신속하게 사용하는 어림짐작의 기술*이다. 쉽게 말해서 '어림잡아 대충 빠르게 판단하는 것'을 말한다.

심사숙고를 할 수 없을 때만 휴리스틱을 사용할 것 같지만 우리는 거의 모든 판단을 휴리스틱으로 처리하고, 아주 드물게 심사숙고한다. 결정을 합리화할 때만 심사숙고에 가까워진다. 대충이라도 일단 판단을 내리면 그 판단을 좀처럼 바꾸지 않으려고 한다.

∞

연애할 때도 별반 다르지 않다. 호감을 느끼고 반하는 순간에는 원래 오해와 착각이 잘 일어난다. 감정적으로 흥분된 상태라서 시야가 좁아진다. 멀리 보지 못하고, 당장에만 집중한다. 누군가 매우 '감정적'이라는 말은 사실 감정이 풍부한 상태라는 뜻이 아니라, 감정에 치우쳐 '당장의 것, 눈앞의 결과만 생각하는 상태'라는 뜻이다.

상대에게 호감을 느끼고 반하는 순간의 판단은 휴리스틱이 거

* 〈네이버지식백과〉 (심리학용어사전)

의 전담한다. 외모와 첫인상이나 상대방의 어떤 특성 또는 특징, 행동을 해석할 때, 그 원인과 이유를 긍정적으로 추측해버린다. 휴리스틱의 근본적인 한계에 그대로 갇힌다. 그럴듯해 보이는 대로 판단하는 대표성 오류, 가져다 쓸 수 있는 판단 근거의 한계에서 비롯되는 가용성 오류, 어떤 판단에 다른 판단이 묶여버리는 '닻내리기anchoring 효과', 그밖에 다른 여러 가지 편파적 판단을 벗어나기 힘들다.**

∞

사과를 고르는 상황을 예로 들어보자. 크고 빨간 사과가 더 달다고 추측하고(대표성 오류), 사과만 먹어 봤을 뿐인데 사과가 가장 맛있는 과일일 거라고 확신하며(가용성 오류), 사과가 최고의 과일이라는 믿음 때문에 다른 과일을 무시하고 거부하는(편파) 사람이 될 수 있다.

실제로는 크고 빨간 사과도 달지 않을 수 있고, 사과 못지않게 맛있는 과일들이 여럿 있으며, 다른 과일들을 두루 경험하면 사과만 맛있다고 고집부리지 않을 수 있지만, 성급한 판단은 그런 가능성을 모두 무시한다. 다음 예를 살펴보자.

** Daniel Kahneman, Paul Slovic, & Amos Tversky, 《Judgement Under Uncertainty: Heuristics and biases》 (Cambridge Univ. Press)

— 그/그녀는 아주 깔끔한 차림이었어요. 아주 단정하고, 자기관리를 잘하는 사람이라는 확신이 들었어요. (실제로 사는 집은 지저분할 수 있다.)

— 그/그녀는 저에게 아주 잘해줬어요. 아주 호방하고, 너그럽고, 배려심이 깊은 사람이라고 생각되었죠. 게다가 경제력도 있어 보여서 좋았어요. (실제로는 카드빚에 허덕일 수도 있다.)

— 그/그녀의 사교적인 성품이 아주 좋아 보였습니다. 친절하고 사람들과 잘 어울리고, 밝고 쾌활한 기운이 느껴졌어요. (실제로는 인간관계가 매우 얕고 넓기만 한 사람일 수도 있다.)

— 그/그녀는 제게 적극적으로 다가왔어요. 우리는 첫눈에 서로를 원한다는 것을 알았죠. 우리는 금세 깊은 관계가 되었어요. 그 사람하고는 정말 화끈한 관계예요. (실제로는 성적 욕구를 채우려는 의도로 많은 이성과 접촉하는 사람일 수도 있다.)

— 그/그녀는 애교가 많아요. 장난도 잘 치고, 엄청 귀엽죠. 어린아이 같은 마음을 가졌어요. (실제로 모든 행동을 아이처럼 할 수도 있다.)

— 그/그녀는 몸매가 엄청났어요. 여(남)성미가 넘쳐요.

솔직히 거기에 넘어가고 말았습니다. (몸매 이외에는 다른 매력이 별로 없을 수도 있다.)

어림짐작은 보이는 것만으로 단정하고, 배경이나 맥락 같은 추가 정보를 알아보는 것을 포기하게 하는 부작용이 있다. 어떤 순간의 모습, 언행을 보고 그 사람이 정말 그런 사람일 거라고, 늘 그렇게 행동할 거라 판단하는 건 정확하지 않을 수 있다. '하나를 보면 열을 안다'고 할 만한 경지의 판단력은 흔하지 않고, 하나를 보면 하나라도 아는 것이 다행인 경우가 대부분이다.

∞

소개팅에 나온 사람의 인상이 좋은 경우 성품도 좋을 것으로 기대한다. 직업이 괜찮으면 윤택한 삶을 살 거라고 믿고, 명문대를 나왔으면 유능하고 인격까지 뛰어나다고 가정한다.

물론 정말 그럴 가능성이 안 그럴 가능성보다 높을 수도 있다. 중요한 것은 '그렇다 안 그렇다'가 아니라, 자기가 넘겨짚은 것을 '가정'이라고 여기느냐, '사실'이라고 확신하느냐의 차이다. 모르는 것을 안다고 믿어버리면 상대에 대해서 더 이상 알아보려고 하지 않게 되고, 실제의 모습이 아니라 자기의 추측을 기반으로 그 사람을 대하게 된다. 그리고 결국 실망하는 순간이 온다.

"당신 그런 사람이었어?"

"이럴 줄 정말 몰랐네."

'넘겨짚은 판단'이 심사숙고했을 때보다 좀더 나은 경우도 있다. 그래서 위험하다. '좀더'를 '절대'로 받아들여 처음의 판단을 바꿀 생각을 하지 않으며, 너무 자신하게 되어 추측을 사실로 기억해버릴 수 있다.

인터넷에서 '사귄 지 한 시간 만에 차인 썰'이라는 글이 한동안 화제가 된 적이 있다. 이 이야기는 휴리스틱의 신속한 판단이 좋은 결과로 이어지는 경우다. 대충 얘기는 이렇다.

한 남자가 썸녀를 위해 꽃다발과 목걸이를 준비하고, 고백을 했다. 여자가 그 고백을 받아주자, 남자는 미친 듯이 기뻐했다. 주변의 노점상에서 와플을 갈이 먹게 됐는데, 벤치에 앉아서 먹다가 와플 생크림이 여자의 치마에 떨어졌다. 남자는 가방에서 물티슈를 꺼내 닦아주었다. 그런데 그때부터 여자의 얼굴이 어두워지고 말이 없어졌다. 남자는 '치마에 얼룩이 생겨서 그런가?'라고 생각했다. 헌데 버스정류장에서 여자가 이별 통보를 하는 게 아닌가. "왜?"라고 물으니, 나중에 이야기하자고 했다. 남자에게

여자의 문자가 왔다. '아까 치마 닦아줘서 고마웠는데,
사용한 물티슈 아무렇게나 화단에 버리는 모습에 실망했다.'
친구들과의 술자리에서 "그게 이별 사유가 되냐?"고
물었지만, 친구들은 답이 없었고, 그 이후로 모두들
공중도덕을 잘 지키게 되었다고 한다.

이 이야기 속의 여자는 남자가 쓰레기를 함부로 버리는 모습에서 그 사람의 인품을 판단했다. 그런 행동이 난데없이 불쑥 나오지는 않았을 것이다. 운전하는 방식, 모르는 사람을 대하는 태도 등은 몸에 밴 습관을 드러내며, 그 사람의 판단 방식이나 가치관 등과 닿아 있다.

여자는 '생활이 바른 남자친구'를 원했고, 쓰레기를 함부로 버리는 행동을 보며 자신과 맞는 사람이 아니라고 판단했다. 사소해 보일 수도 있는 단서를 가지고 '남친 후보'의 습관과 사고방식, 도덕성 등을 추측한 것은 좋은 판단이라고 할 수 있다.

다만 좀 아쉬운 것은 쓰레기를 함부로 버리는 것이 '의미가 있는 특정 행동'이기는 하지만, 좀더 확인해보는 과정이 있어야 '속단'의 손해를 줄일 수 있다는 점이다. 선택을 바꾸지 않고도 "왜 그랬어?"라고 물어보는 것만으로 상대를 더 잘 이해할 수 있다. '그 사람이 진실을 말하건, 변명을 지어내건' 그것을 통해 그 사람의 생

각과 논리를 알 수 있고, 태도와 가치관에 대해서도 알 수 있다.

약속 시간에 늦은 데이트 상대를 '게으르거나, 시간관념이 없거나, 상대를 배려할 줄 모르는 사람'으로 단정하기 전에 '왜 늦었는지'를 묻고 들어보는 것은 '속단'의 위험을 줄여주고, 상대를 좀더 알 수 있는 좋은 기회가 된다.

∞

빠른 판단이 옳으면 성과가 빨리 나오지만, 그렇지 않다면 잘못된 방향으로 빠르게 달리는 것이 된다. 잘못된 짝에 홀딱 반해서 뒤도 옆도 안 보고 뛰어들면 후회와 고통이라는 종점에 빠르게 도착할 뿐이다.

그래서 계속 대화하면서 서로를 알아가는 것이 중요하다. 상대가 무엇을 중요하게 여기는지를 계속 파악하고, 서로 어떻게 생각하고 판단하는지도 소통해야 한다.

서둘러 가는 길에는 놓치는 것이 많다. 함께 걷는 사람도 바라보고, 함께 걷는 보폭도 살펴보면서 천천히 걸어보라. 바로 그 길에서 사랑으로 다가가는 아름다운 순간들을 만나게 될 것이다.

슬픈 사랑

"모든 동물은 교미가 끝난 후에 우울하다."

… 라틴어 속담 …

S는 처음부터 아주 적극적이었다. J가 사랑스러워 견딜 수 없다는 듯 강렬한 눈빛으로 쳐다보았다. J로선 자신이 그렇게 매력적인 타입이라고 생각하지 못했던 터라 당황스러웠지만, 자신을 특별하게 대해주는 S의 열정이 싫지 않았다.

S는 거래처 직원이었다. 업무와 관련된 이야기 몇 마디 나눈 것이 다였지만, J에게 "술 한 잔 같이 하고 싶다"고 단도직입적으로 요청했다. 며칠 뒤 저녁 시간에 만나자마자 S는 J가 너무 마음에 든다며 고백했다.

식사 후 맥주를 한잔 하면서 S는 더욱 적극적으로 나왔다. J는 처음 겪는 일이라 혼란스러웠지만, 오랜만에 하는 데이트를 그냥 끝내고 싶지는 않았다. J는 S와 밤을 보내게 되었다.
그날 이후 S는 연락이 없었다. J는 너무 궁금했지만,
어쩔 수가 없었다. 나중에 선배에게 들어보니, S는J의
전임자와도 모종의 관계가 있었고, 심지어 여자만 보면
절제가 되지 않는 바람둥이라는 것이었다. 그는 거래처만이
아니라 자기 직장에서도 여러 여성에게 접근하다가 문제가
생겨 회사를 그만뒀다고 한다. J는 S의 정체를 알고 충격에
빠졌다. 무엇보다 그런 사람에게 너무 쉽게 관계를 허락한
자신에게 모멸감을 느꼈다.

J를 보며 한 여자의 짧은 사랑과 그 사랑의 슬픔에 잠식당한 삶에 대한 이야기를 다룬 모니카 마론의 《슬픈 짐승Animal Triste》이란 책이 떠올랐다. 이 소설의 제목은 오래된 라틴어 관용구 '모든 짐승은 교미를 끝내고 나면 우울하다Omne animal triste post coitum'에서 따왔다. 원래 그리스 출신 의사이자 철학자 갈레노스 클라우디오스(Γαληνός Κλαόδιος 129~199? AD)가 한 말이라고 한다.

관용어처럼 쓰이는 이 라틴어 문장은 움베르토 에코의 《장미의 이름》에서도 차용되는데, 젊은 수도사 아드소는 소녀와의 첫 경험을 한 다음 "욕망의 허망함과 갈증의 사악함"을 최초로 느끼면서

저 문장을 떠올린다.

∞

거의 모든 동물은 교미가 끝나면 서로에게서 떠난다. 그래서 우울함조차 느끼지 않을지도 모른다. 해야 할 일을 한 것뿐이고, 상대를 특별하게 여겨야 할 이유도 없다. 다음 발정기가 오면 또 새로운 짝을 찾아 나설 테니까.

하지만 인간은 보통 섹스 후에 서로를 떠나지 않고 같이 잠을 자고 아침을 맞는다. 다른 동물의 '교미'와 다르게 '같이 자면서' 교감을 나누고, 서로 자는 모습을 보여주며, 밤이라는 위험한 시간을 함께하는 존재가 된다.

∞

사랑이 있어야 성관계를 맺는다는 공식은 이미 깨어진 지 오래다. 호감 수준에서도 얼마든지 성관계를 맺고, 심지어 사랑 없이 관계를 맺기도 한다. 각자의 선택과 판단에 따라 행동하고 스스로 책임지면 된다.

J의 경우처럼 한순간의 매혹에 빠져서 성관계가 이뤄질 수도 있다. 그리고 성에 대해 두 사람의 마음이 서로 다를 수 있다. 한쪽은 섹스만, 다른 한쪽은 사랑까지 생각하는 경우가 많다. J의 경우도 S가 자신에게 반해서 호감을 느끼고 함께 있고 싶어한다고 여겼지만, S는 섹스만 생각한 경우였다.

'모든 짐승은 교미가 끝나면 우울하다'는 문장은
실제로는 어떤 일에 온 힘을 다해
열정을 쏟고 나면 인간은 허무함을 느끼고 그 끝에서
우울함을 느낀다는 의미를 내포하고 있다.
그것이 섹스를 통해서든, 관계를 통해서든,
일을 통해서든 우리는 인간으로서 종극의 완성 단계인
자아실현 욕구가 채워지지 않으면
고독하고 외롭고 소외된 실존과 마주해야 한다.
마치 화려한 조명을 받던 연예인들이 무대 위에서 내려와
홀로 숙소에 돌아오면 극도의 허탈감을 느끼는 것처럼 말이다.

S는 깊은 사랑을 하지 못하고 끝없이 상대를 찾아다니며 여자들을 물색하는 유형이다. 이런 사람의 유혹에 빠지면, 상대의 생각과 감정은 잘 알지도 못하면서 혼자만의 '애정 게임'에 빠지기 쉽다. J는 다행히도 선배에게 그와 관련된 이야기를 듣고 상대에 대해 알게 되었지만, 만약 그러지 못했다면 혼자 다양한 상황을 상상하고 S와 함께했던 시간을 추억하고 기다리면서 괴로워했을 것이다.

∞

자신과 잘 맞는 사람을 만나는 것은 누구에게나 쉬운 일이 아니다. J와 같은 경우 상대의 감정을 오해하고 함께했다는 생각으로 스스로에게 모멸감을 느끼거나 자책하는 대신, 상대가 사랑할 만한 사람이 아니란 걸 알게 되었음을 다행으로 여겨야 한다. 상대를 주의깊게 살펴보고 시간을 두고 사귀면서 알아가야 한다는 배움에 집중하면서.

사랑 없이도 얼마든지 섹스가 가능하다고 하더라도, 우리는 사랑하는 사람과의 섹스를 그 무엇보다도 원한다. 그래서 배우자나 애인으로서 상대가 자신을 원하지 않거나 관계를 이어갈 생각이 없다는 것은 모멸감을 일으키고, 그 고통으로부터 자신을 지키기 위해 분노를 경험하게 된다. 섹스 후에 우울함을 느끼는 것도 그런 정서적 어긋남에서 비롯된 것일지 모른다.

결국 모든 인간은 자기 자신을 돌아보고 자신이 진정으로 원하는 것이 무엇인지를 다시 생각해볼 수밖에 없는 존재다.

그러나 뭔가를 끝내는 감정이 우울감이나 허탈함 같은 것이기만 한 것은 아니다. 그걸로 끝이라면 그렇겠지만 계속되는 뭔가를 기다릴 수 있다면, '끝'은 언제나 새로운 것의 시작이기도 하다.

사랑하는 사람들은 '같이 자고 나면' 사랑을 더 많이 느낀다. 그래서 사랑이 더 깊어지는 국면으로 접어든다. 사랑하는 사람들만이 누리는 특권이다.

4부

온전한 사랑

우연에서 운명으로

A는 대학 친구가 주최한 모임에 갈까 말까 망설이다 뒤늦게 참석했다. 옆자리에 앉은 B와 대화를 나누게 되었는데, 알고보니 같은 동네에, 심지어 같은 중학교를 나왔다. 이전까지는 서로의 존재를 모르다가 대화를 나누며 공통점을 발견하고는 이내 친밀감을 느끼고 연락처까지 주고받았다. 만남 후 A는 바로 연락하려 했지만 집안에 일이 생겨서 하지 못했고, B는 호감을 가지고 있던 남자 C가 있었기 때문에 연락을 하지 않았다. 한 달쯤 뒤 A와 B는 우연히 방송국에서, 길에서, 카페에서 연속으로 세 차례나 부딪혔다. 둘은 누가 먼저랄 것도 없이 "이것은 운명?!"이라는 투로 웃으며

만날 약속을 잡았다. 다시 만난 그날 공교롭게도 B가 열이 나고 아팠다. A는 B를 보살피면서 B가 아이처럼 느껴지고 보호해주고 싶다는 마음이 들었다. B는 자신을 따듯하게 살펴주는 A에게 끌리기 시작했다. 두 사람은 일련의 사건 속에서 '우리는 운명인가?' 생각하게 되었고 결혼까지 약속하는 사이가 되었다.

우리는 우연을 기어코 필연으로 바꿔버려야 직성이 풀리는 존재들이다. 그래서 인생이라는 한정된 시간과 공간 속에서 인연을 맺는 것만으로 그 사랑은 특별하고 유일하다고 믿고 싶어한다. A와 B는 평행선을 걷느라 마주치지 못했지만 이미 같은 공간에 있었다는 것, 그전까지 같은 공간에 있었어도 서로의 존재를 몰랐던 두 사람이 친구가 주최한 파티에서 우연히 마주 앉게 된 만난 것, 이후 다른 장소에서 무려 세 차례나 연속으로 마주친 것 등 긴 시간을 어긋난 채 살아왔지만 어느 순간 접점이 생기자 마치 꼭 이어져야 할 인연처럼 연결되었다.

그런데 매 순간의 선택과 우연한 사건 그리고 혼재된 주변 상황 속에서도 서로를 놓지 않았다는 사실만으로 우리는 이것을 '운명적 사랑'이었다고 결론지어도 되는 걸까?

우리는 단지 한 번만 살 뿐이며, 같은 상황에서는
단 한 번만 선택을 하고 결정을 내릴 수 있기 때문에
과연 어떤 선택이 최선이고 어떤 선택이 최악인지
그 결과를 비교할 수 없다.
결국 너와 내가 진짜 운명인지 알고 싶다면
기꺼이 뛰어들어볼 수밖에 없다.
우리의 선택이 어떤 결과를 불러일으킬지는 겪어봐야 안다.

∞

우리는 우연한 사건이 연달아 일어나면 그것에 의미를 부여하고 필연으로 받아들인다. 가끔은 모든 것이 설명할 수 없을 정도로 너무 잘 맞아떨어지기 때문에, 전혀 상관없어 보이는 상황들이 맞물린다. 그 결과 사람들은 이런 예상 밖의 조합의 산물이 미지의 힘과 관련이 있다고 생각하게 되고, 이것이 우연일까, 아니면 운명일까 생각하게 된다.

사실 사랑에 빠지면 아주 사소한 사건에도 "이건 운명이야!" 하고 의미를 부여하기 쉽다. 그러나 잠재적 연인들은 항상 우리 주변에 있으며, 우리의 선택에 따라 운명이 정해지는 것이 아닐까 싶다. A와 B의 만남에서도 확인할 수 있다.

두 사람이 만남을 이어가다 결별의 위기가 있었을 때 B는 말했다.

"그날 당신을 만나지 않았다면 나는 틀림없이 C와 사귀었을 거예요."

그 당시 이 말은 A에게 질투를 포함한 복잡한 감정을 느끼게 했다. 마치 "너의 짝은 반드시 나여야겠지?"라는 질문에 B가 "아니, 꼭 그렇지는 않아. 내 짝이 너일 수도 있고 아닐 수도 있지. 아니라면 그 또한 어쩔 수 없는 일이고"라고 대답하는 것 같았다.

∞

과연 우리의 사랑은 운명일까, 우연일까? 의학의 아버지라 불리는 히포크라테스는 "우주의 모든 원소는 '숨겨진 친밀감'으로 인해 연결되어 있다"고 말했다. 즉 그는 이 세상의 만물을 설명해줄 어떤 법칙이 존재하며, 다만 우리가 아직 그것이 무엇인지 모를 뿐이라고 믿었다.

반면 고전적 심리분석학에서는 "인간은 의미가 존재하지 않는 우연에 억지로 의미를 부여하려 한다"고 말한다. 신경생물학자들은 뇌에서 도파민의 분비가 증가할수록 사람들이 모든 것에 패턴을 두고 바라보는 경향이 있음을 발견했다. 사람들은 그 때문에 아무 의미 없는 우연에 억지로 의미를 부여한다는 것이다.

∞

우리가 우연이라 믿든 운명이라 믿든 실제로 사랑의 가능성에는 늘 다른 사람들이 존재한다. 만났다면 사랑하게 되었을지도 모를 잠재적 연인들이 존재한다는 뜻이다. 그 소개팅에, 그 모임에, 그 장소에 지금 만나는 사람이 아닌 다른 사람이 있었을 수도 있다. 우연과 기회의 조합은 얼마든지 다른 결과를 낼 수 있다. 같은 사람들이 만났더라도 만난 시기가 달랐으면 서로 다른 평가를 했을 수도 있다. '당신을 만나지 못했다면 아무런 사랑도 하지 못했을 것'이 아니라 '틀림없이 다른 누군가에게 반하는 일'이 일어났을 것이다.

결국 사랑을 운명으로 만드는 것은 우리의 선택인 셈이다. 만남은 우연이지만, 두 사람이 서로를 선택한 순간에야 비로소 특별한 인연이 되고, 상대를 마음에 품고 서로 사랑하기로 결정하고 함께 살아가는 시간 속에서 운명이 되기 때문이다.

∞

상대에 대해 어떤 의미를 부여하느냐는 관계의 만족도에 확실히 영향을 미친다. 애인이나 배우자에 대한 기대와 신념이 '소울메이트'라는 말로 집약되기도 한다. 하지만 역설적으로 이렇게 상대를 이상화하고 완벽한 짝으로 만들려는 의도가 상대를 더 힘들게 만들고, 두 사람의 관계에 대한 만족을 오히려 낮추기 쉽다. 좀더 정확하게 표현하자면 낮춘다기보다 그 '높은 기준'을 달성하지 못하는 불만을 경험하게 되는 것이다.

사랑을 '완벽한 결합'이라고 생각하는 운명론에서는 연인을 자신의 완벽한 반쪽이라고 여기는 것을 미화하는 경향이 크지만, 그런 그럴듯한 그림은 실제로는 '완벽할 수 없는 우리 인생의 수많은 균열들'을 숨기고 과장하게 하는 부작용이 있다. 그래서 관계 안에서 다툼이 생기거나 시련이 닥치면 연인이 생각만큼 완벽하지 않다는 걸 깨닫고는 이렇게 생각한다.

'내가 잘못 생각했나봐!'

'애초에 우리는 운명이 아니었어!'

기대가 컸던 만큼 금세 서로의 관계에 의구심을 품고 불만을 갖는 것이다.

∞

반면 연인과 함께하는 경험을 중요하게 여기는 사람들은 두 사람 사이에 발생하는 충돌과 역경을 비교적 잘 극복하는 편이다. 연인과 싸우거나 힘든 시련이 왔을 때 '우린 운명이 아니라서 이렇게 안 맞는 거야'라고 생각하는 대신 인생이라는 긴 여정에서 만나는 크고 작은 새로운 경험이라고 생각하면서 함께 그 파도를 헤쳐 나갈 방법을 고민한다.

그러니 기억하자. 만남은 우연이고 가벼운 열망일지 몰라도 그 만남을 운명으로 가져갈지는 오로지 둘의 선택과 의지에 달렸다는 사실을. 그리하여 이전에도 이후에도 없을, 둘만의 일상을 차곡차곡 쌓아가며 삶을 창조해나갈 때 비로소 운명이라 할 수 있다.

우리는 이렇게 서로가 사랑하는 동안만 서로의 운명이다. 우리가 사랑하고 사랑받은 기억만큼 삶을 충만하게 하는 것도 없다. 사랑하는 자들, 사랑했던 사람들만이 햇살 속에서 살고, 무지개 위를 걸어볼 수 있다.

매일 아침 빵을 굽듯이

"사랑에서 빠져나오는 것은 주로
상대가 얼마나 매력적인지를 잊을 때 벌어진다."
… 영국 작가 아이리스 머독 …

우리는 사랑을 할 때 사랑 하나만으로 충분하다고 생각한다. 멋진 사람을 만나면 그 사랑이 영원할 거라고 생각한다. 그러나 특별하고 유일한 사랑은 '만남' 단계에서 이뤄지지 않는다. 시간의 축적 속에서만 가능하다. 시간이 지날수록 '감정적 반응'으로서의 사랑보다 '관계로서의 사랑'이 중요해진다. 서로를 어떤 식으로 대하며 관계 맺고 있느냐가 중요해지는 것이다.

∞

사랑은 '생각하여 헤아리다'라는 뜻의 '사랑思量'에서 유래되었다는 설이 있다. 사랑에 빠지면 상대에 대한 생각으로 시간을 보내는 걸 보면 그럴 듯한 설명이다. 또한 누군가를 사랑한다는 것은 성숙한 태도로 상대를 이해하고 받아들인다는 뜻이기도 하다. 사랑이 우리의 시간을 특별하게 만들어주는 것이 아니라 상대를 생각하며 쏟은 우리의 노력과 다짐이 사랑을 특별하게 만드는 것이다. 나를 성장시키고 성숙하게 한 사랑은 우리 인생에서 가장 빛나는 소중한 자산이 된다.

우리는 무한한 시간의 흐름 속에서 유한한 인생을 살아간다. 그래서 소중한 것인데도 그 속에서 종종 길을 잃고 우리의 인생이, 우리의 관계가 항상 변하지 않을 것처럼 살아간다. 그러한 착각은 우리로 하여금 인생이, 지금의 관계가 지루하다고 느끼게 한다. 그래서 사랑이 있던 자리에 무덤덤함과 지루함, 권태를 채운다. 사랑을 고백하고, 평생 상대를 위해 살겠다고 한 다짐은 평범하고 어쩌면 지루한 일상 속에서 잊힌다. 그리고 내가 그/그녀를 얼마나 사랑했는지, 그때 내 영혼이 얼마나 빛났는지도 잊어버린다.

우리는 언제까지나 당연하게 주어질 거라 생각하는 것에는 감사함과 행복을 잘 느끼지 못하지만, 언젠가는 사라질 것을 잠시 누리는 축복이라고 여긴다면 우리의 사랑에 대한 태도는 달라진다. 사랑하는 마음도 마찬가지다.

∞

오래도록 사랑하는 사람들의 특징이 있다. 매일 공부하고 매일 운동하는 사람처럼 사랑에 부지런하다는 것이다. 특별한 날에 매번 이벤트를 한다는 것이 아니라, 자신이 사랑하고 사랑받고 있다는 것에 감사하고, 그런 마음을 표현할 줄 안다. 꼭 말로 하는 것만이 아니라 크고 작은 행동들로 '사랑하고 있음'을 보여준다. 그래서 상대도 '사랑받고 있음'을 느끼게 한다.

반면 관계를 유지하고 견고하게 하는 데 중요한 성품과 행동을 무시하고, 사랑을 표현하는 데 게으른 커플들은 마치 제대로 묶지 않은 신발 끈이 쉽게 풀리듯, 사랑의 끈도 허망하게 풀려버린다.

이때 혼자서 두 사람 몫을 하려고 하면 지치게 된다. 한두 번으로 통달할 수 있는 게 아니라서 일상으로 축적되어야 한다. 최대 걸림돌은 서로가 '나를 매혹시켰던 그대로의 모습'에 상대를 맞추려 하는 것이다. 외모도 사랑의 형태도 변해가야 하는데 이를 무시하고 말이다.

맛있는 빵을 굽기 위해서는 밀의 건조 상태, 제분 상태, 밀가루의 온도, 물의 온도, 공기의 온도, 반죽의 찰기와 크기, 숙성 정도, 오븐의 온도와 열 흐름에 따라 반죽을 배열하는 방법 등 모든 요소를 고려해야 한다. 관계도 마찬가지다. 상대가 원하는 것, 편안함을 느끼는 조건과 상태를 수시로 조율해야 한다. 또 관계가 너무 느슨하면 권태롭고 너무 당기면 끊어질 수 있으니, 적당한 거리와 지속적인 관심, 노력과 실천이 필요하다.

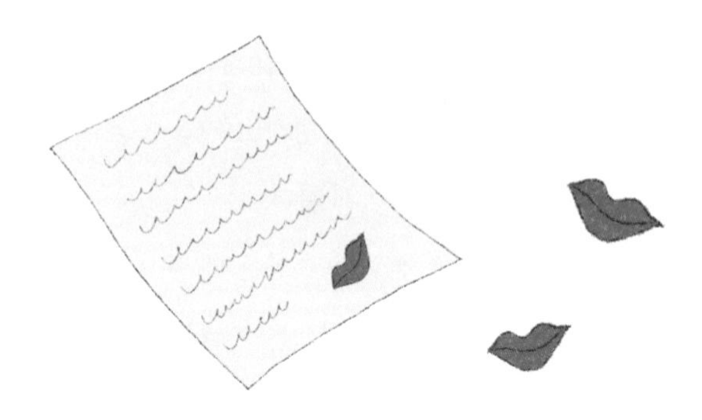

우리는 사랑하는 사람을 만나면
영원히 행복할 거라고 상상한다.
그건 오늘 아침에 산 빵을 영원히 맛있게 먹을 수 있을 거라고
믿는 것과 다를 바 없는 어리석음이다.

"사랑이란 돌처럼 한번 놓인 그 자리에 그대로 있는 게 아니다.
빵처럼 항상 다시 새롭게 구워야 한다."

미국 소설가 어슐러 르 귄의 이 말처럼 사랑이란
돌처럼 한번 놓인 그 자리에 계속 그대로 있는 게 아니다.
빵처럼 매일 아침 새롭게 구워내야 한다.

∞

긍정심리학에서 바람직한 행복의 점수가 100점이 아니라, 83점 정도라고 보는 것에서 교훈을 얻자. 행복 연구의 세계적인 권위자 에드 디너 교수와 긍정심리학 센터의 프로그램 책임자 로버트 비스워스 디너는 《모나리자 미소의 법칙》에서 이렇게 말한다.

"연료가 바닥나지 않는 것도 좋지만, 얼마나 남았는지 정확히 보여주는 계기판을 갖는 것도 중요하다. '모나리자'는 적절한 수준의 행복에 대한 힌트를 준다. 과학자들은 최근 이 유명한 여성의 얼굴에 표현된 감정을 컴퓨터로 분석해보았다. 그리고 그녀가 83% 정도 행복하며, 두려움과 분노가 혼합된 부정적인 감정을 17% 느끼고 있다고 결론을 내렸다. 흥미롭게도 우리는 행복하지만 완벽하게 행복하지는 않은 사람들이 삶의 여러 영역에서 잘 지내고 있음을 발견했다. 어쩌면 레오나르도 다빈치는 무엇인가를 감지했을 수도 있다."

∞

매순간 100점의 행복을 느끼는 것은 가능하지 않다. 뿐만 아니라 그렇게 높은 수준의 행복이 지속되는 것은 그 사람의 건강과 삶에도 바람직하지 않다. 그런 행복감은 양극성 장애의 조증 상태이거나, 약물을 복용한 상태일 때나 지속이 가능하다. 83점의 행복은 늘 83점이라는 것이 아니다. 100점일 때도 있고, 그보다 더 낮은 점수일 때도 있어서 종합하면 평균 80점이 좀 넘는 상태가 되는 것을 말한다.

∞

완벽한 행복은 없다. 한 번에 완성되는 것도 아니어서 일상의 축적 속에서 만들어가야 한다. 행복이 주는 즐거움보다는 날마다 각자 해내는 역할을 중요하게 보아야 한다.

오늘 성공적으로 빵을 구운 것은 감사할 일이지만 내일도 모레도 그 빵만 먹을 수는 없는 것이다. 어떻게 하면 오늘보다 더 맛있게 구울 수 있을까를 궁리하면서 내일 아침엔 또 새로운 빵을 구워야 한다. 행복의 점수도 매일 이런 정성과 노력으로 유지될 수 있다.

내가 정성스럽게 빵을 굽는 것에 상대가 감응하고 또 같은 마음으로 매일 빵을 굽듯이 사랑에 정성을 들인다면 정말 다행이고 행복한 일이다. 그렇다고 나와 똑같은 빵굽기를 상대에게 강요하지는 말자. 사랑은 언제나 자발적이어야 한다. 상대가 무엇을 해주는가에 집중하는 대신 내가 먼저 정성껏 빵을 구워보자. 어제도 내일도 아닌 오늘의 행복을 위해서.

고슴도치 딜레마

상처를 입더라도 다가갈 것인가, 두려움 때문에 혼자 외로워할 것인가?

몹시 추운 어느 겨울, 고슴도치들이 온기를 나누기 위해서 서로에게 다가가려고 했다. 하지만 고슴도치 몸에 돋아난 날카로운 가시 때문에 서로를 찌르기만 했다. 온기를 나누려는 노력이 가시 때문에 오히려 아픔과 충돌로 이어졌다. 아픈 것보다는 추운 게 나은 것 같아서 다시 떨어져 있기로 했다. 그러나 조금 지나니 너무 추웠다. 가시가 돋지 않은 머리와 배 부분으로 온기를 나누면 되겠지

하고 다시 한데 모였다. 이번에도 가시가 서로에게 상처를
냈고, 이를 견디기가 너무 고통스러웠다. 또 다시 떨어졌다.
고슴도치들은 겨우내 이런 식으로 모였다 흩어지기를 반복할
수밖에 없었다.

이 우화는 염세주의자로 유명한 독일 철학자 쇼펜하우어의《소품과 단편집》에 나오는 이야기다. 심리학에서 친밀함을 원하면서도 동시에 적당한 거리를 두고 싶어하는 모순적인 심리상태를 표현하는 '고슴도치 딜레마Hedgehog's dilemma'라는 표현이 여기에서 나왔다.

∞

우리는 사랑하면 두 사람이 서로 딱 맞는 것 같고, 심지어 원래 한마음이었던 것처럼 생각된다. 실제로 두 사람의 마음이 하나로 합쳐지는 일은 잠시뿐이다. 두 사람은 각자의 마음으로 '우리'를 만들 수는 있어도 하나로 뒤섞일 수는 없다. 사랑은 똑같은 존재의 결합이 아니라 서로 다른 두 존재의 결합이기 때문이다.

심리학에서는 연인과 부부 관계에서 '융합'은 위험하다고 본다. 둘이 하나로 뒤섞여선 안 되고 각자 고유한 모습을 유지하면서 조화를 이루는 결합이어야 한다고 말한다. 사랑에 빠지는 것은 일시적으로 자아 경계가 무너진 것과 같다. 즉 나와 상대방이 하나가 되

는 일체감을 느끼지만 개인의 한계를 확장시키는 데는 반드시 노력이 뒤따라야 하는데 사랑에 빠지는 일에는 노력이 필요 없기 때문이다.

사랑한다면 하나가 되어야 한다는 욕구는 진정한 사랑이라기보다 오히려 불안과 의심에서 나온다. 그러다 보면 상대에게 자신이 바라는 어떤 모습을 강요하게 되고, 이러한 관계는 오래 유지되기 힘들다.

"널 사랑하는 내 마음을 안다면, 네가 이러면 안 되지."

"내가 이렇게 널 사랑하는데 날 위해 이런 것도 못 해주니?"

"우리는 사랑하는 사이니까 어떤 불일치나 의견 차이도 있어선 안 돼."

사랑하는 사이에 적당한 거리가 필요하다는 말은 쉬워 보이지만 현실에서 그 '적당함'을 유지하기란 생각처럼 쉽지 않다. 너무 가까이 다가가면 간섭이 되고 너무 멀어지면 무심함이 된다. 우리는 사랑을 하면 밀착하려 들고, 하나가 되고 싶어한다. 그러나 상대의 모든 걸 다 알고 있어야만 한다는 압박이 두 사람의 영혼을 부정하고 질식시킨다.

∞

그렇다면 연인 사이, 부부 사이는 어느 정도 거리가 적당할까? 숲속 곰의 오두막에서 뜨겁지도 차갑지도 않은, 적당한 온도의 수프를 골라먹은 《골디락스와 곰 세 마리》에서 지혜를 얻을 수 있다.

금발 소녀 골디락스는 숲속에서 길을 잃고 헤매다가 우연히 곰 세 마리가 사는 오두막을 발견한다. 빈 오두막 식탁 위에는 뜨거운 수프, 차가운 수프, 적당한 온도의 수프까지 모두 세 가지 수프가 차려져 있었다. 마침 배가 고팠던 골디락스는 가장 먹기 좋게 적당히 식은 세 번째 수프를 맛있게 먹었다.

이와 같은 골디락스의 선택에서 유래된 용어들이 꽤 있다.

천문학에서는 생명체가 살기에 적합한 환경을 지닌 우주 공간의 범위를 말할 때 '골디락스 존Goldilocks zone'이라는 용어를 사용한다. 이것은 생명체가 살아가려면 물이 있어야 하고, 기온이 높지도 낮지도 않게 적당해야 하며, 태양과 같은 항성의 빛을 꾸준히 받을 수 있어야 하는데, 이런 조건을 적절하게 만족시키는 영역이란 뜻이다.

경제학에서는 '골디락스 경제'라는 표현을 쓰는데, 이는 인플레이션이 올 만큼 과열되지도 않고, 경기 침체를 우려할 만큼 냉각되지도 않은, 여러 가지 경제 여건이 좋은 상태를 의미한다.

∞

모든 관계가 그렇듯이 사랑하는 사이에도 적당한 거리가 필요하다. 한쪽의 영향에 다른 한쪽이 자신을 잃고 무너지거나, 각자의 고유성을 찾아볼 수 없을 만큼 뒤섞이지 않는 거리.

그 거리를 찾는 데 필요한 것이 있다. 바로 우화 속 고슴도치들처럼 가시에 찔려도 보고, 뒤로 물러나 추위를 느껴보는 경험을 통해 서로에 대한 사랑의 온기를 잃지 않는 지혜를 찾아내야 한다.

또 금발 소녀 골디락스가 숲속 곰의 오두막에서 뜨겁지도 차갑지도 않은 적당한 온도의 수프를 골라먹은 것처럼 사랑하는 연인들도 함께 있으되 사랑이란 이름으로 상대를 묶어두려는 대신 서로의 영혼이 숨쉴 수 있게 적당한 거리 유지를 포기하지 않는 지혜를 길러야 한다.

선택의 역설

"나도 그녀를 사랑했지만,
우리의 신경증이 서로 맞지 않았을 뿐이다."
… 미국 극작가 아서 밀러 …

부부가 일상에서 선택과 결정을 하는 데에는 많은 의미들이 얽히고, 결과의 파급력도 다양하게 나타난다. 미국의 사회심리학자 배리 슈워츠는《선택의 심리학》에서 판단과 선택에서 '최선의 결과를 추구하는 경향이 강한 사람maximizer'과 '어느 정도 적당한 범위에서 만족을 추구하는 경향이 강한 사람satisficer'은 아주 다른 방식으로 행동한다고 말한 바 있다. 만족 추구 방식의 차이는 생활 방식의 차이로 이어지고, 그 차이는 함께 살아가는 데 커다란 장애가 된다.

상대의 방식이 마음에 들지 않고 불편하면, 잠깐은 견딜 수 있을지 모르지만 결국은 불만이 갈등으로 드러난다. 불만을 드러내지 않으려 억누르면 마음에 화병이 생기거나, 상대에 대한 근본적인 신뢰가 손상될 수 있다. 그래서 꼭 커다란 사건이 발생해서가 아니라 성격과 가치관, 생활방식의 차이로 이혼을 결심하는 이들이 많다. 결혼하기 전에는 서로를 사랑하고 위하는 마음으로 무의식적으로 무시됐던 것들이 결혼을 하고 일상생활을 함께하면서 수면 위로 떠오르게 되는 것이다.

∞

'서로 안 맞는다'는 말은 관심사의 방향, 만족과 거부의 대상이 다르다는 의미로 자주 사용되지만, 그보다 더 많은 것들로 경험할 수 있다. 영화 한 편, 저녁 식사 주문, 주말 외출 장소와 같은 단순한 결정만이 아니라, 여름휴가, 명절이나 친지의 결혼 같은 행사, 좀더 큰 문제로는 고가품의 구매, 자동차 교체, 이사, 자녀의 진학 등과 같은 문제를 결정하는 것 말이다.

가치관, 기호, 의미 체계, 주파수, 유머 감각, 예민함, 소비성향, 식생활 등등이 어떤 대상에 대한 근본적인 생각이나 반응의 차이만이 아니라, 만족을 추구하는 방식의 차이가 될 수 있다. 서로의 신경을 거슬리게 하는 것은 아주 사소한 것에서 시작된다.

∞

여기 아주 다른 선택을 하는 두 사람이 있다. 한 사람은 동네 상가에 있는 식당 중 하나에서 저녁을 때우려고 한다. 또 한 사람은 주요 맛집을 검색하고 사용자 후기를 자세히 살핀 후 최고의 가성비인 메뉴를 골라 가장 한가할 가능성이 높은 시간을 한 달 전에 예약해서 가려고 한다. 이 두 사람이 함께 저녁을 먹기는 힘들 것이다.

물론 대충 먹으려는 사람이 꼼꼼하게 맛집을 골라 예약하는 사람의 선택을 수용해서 따라간다면 갈등은 없을 것이다. 그러나 꼼꼼하게 예약하는 사람이 "왜 나만 이렇게 신경 써서 해야 해"라고 하면 갈등은 피하기 어렵다. 식사 약속을 변경하거나 취소를 하게 되는 상황도 두 사람은 아주 다르게 받아들일 것이다.

∞

'꼼꼼히 따져가며 일을 벌이는 사람'과 '그냥 대충 사는 사람'이 같이 지내게 되면 서로의 방식이 서로에 대한 애정을 고갈시킨다. 두 사람이 하나의 행동을 결정할 때 일방적으로 누군가의 의견을 따르는 것은 다른 쪽의 의견이 밀려난다는 뜻이기 때문이다. 이렇게 서로에 대한 불만은 조금씩 쌓여간다.

"대충하지. 뭘 그리 야단스럽게 난리를 치는지."

"뭐 하나도 제대로 알아보고 하는 게 없어. 뭐든 대충이라니까."

이런 '만족 극대화 추구자'와 '적당히 만족하며 사는 사람'은 생활방식 차원에서 빈번히 충돌한다. 둘 다 고기를 좋아해도 굽기의 차이와 먹는 방식의 차이 때문에 갈등이 생기고, 둘 다 재즈 음악을 좋아해도 한 사람은 밤에 듣는 것을, 다른 사람은 일을 하거나 다른 것을 하면서 듣는 것을 좋아할 때도 대립할 수 있다는 얘기다. 이런 경우 한쪽의 방식을 따르게 되면 다른 쪽의 방식은 밀려나게 될 수밖에 없다.

상대를 사랑하고, 상대가 날 사랑한다고 해서 서로의 관점과 견해가 갑자기 같아질 수는 없는데도, 많은 연인과 부부들이 그걸 기대한다. 상대가 자신의 판단에 따라주는 것이 합의고 좋은 타협이라고 생각한다. 이때 자신의 의견이 무시되고 포기해야 하는 쪽이 생기니 갈등과 문제가 생겨난다.

∞

우리는 드라마 속 주인공 같은 완벽한 조건의 동반자를 꿈꾼다. 누구에게도 털어놓을 수 없었던 내 상처와 욕구를 알아봐주고 내 불안을 다독여주며, 무조건적 지지와 응원을 해줄 사람 말이다.

'내가 사랑하는 사람은 내 마음을 다 알아줄 거야.'
'내가 사랑하는 사람은 나를 위해서 뭐든지 해줄 거야.'

하지만 그것은 드라마에서나 가능한 허상이고 착각이다.

확신을 가장한 흥분에 휩쓸려 자신과 너무 다른 사람을 마음에 품는다. 사랑은 서로를 더 이상 품에 담지 못하면서 어긋나기 시작한다. 더 이상 자기 품에 담고 싶지 않은 시기가 오고, 너무 다른 차이가 그 시기를 재촉하기도 한다. 이런 일이 일방적으로 계속되다 보면 당하는 쪽에서는 문득 이런 후회가 들기도 한다.

"A 말고 B 고를걸."
"아, 아니다. C나 D 고를걸."

혹시 다른 후보자들을 더 많이 만나보고 선택했다면 더 행복하지 않았을까 싶은가? 《선택의 심리학》의 저자 배리 슈워츠에 따르면 답은 "아니다"이다. 선택지의 증가가 인간을 더 행복하게 만들지 못하는 이유는 기회비용의 증가 때문이다. 그에 따르면 애초에 선택지가 많으면 하나하나 비교 분석하는 게 스트레스 요인이 되기 쉽고, 따라서 자신의 선택을 스스로 정당화(만족)하면서 심리적 부담(후회)을 줄이려 한다는 것이다. 그런 이유로 인간은 되돌릴 수 없는 선택을 했을 때 의외로 큰 행복을 느낀다고 한다.

∞

우리는 서로 다른 방식을 이해하고 수용하는 능력을 타고나지 않았다. 하지만 사회생활을 통해 다름을 받아들이는 법을 배운다.

누구도 사장이나 상사가 식사하는 방식이 자신과 다르다고 문제 삼거나 지적하지 않는 것과 같은 이치다. 그냥 그들이 하는 대로 인정한다. 아주 편한 관계가 아니다보니 조심하고 예의를 갖추기 때문이다.

그런 능력이 이상하게도 가족이나 배우자, 연인에게는 잘 적용되지 않는다. 가까운 사이일수록 다 이해해줄 것이라 믿으며 내 마음대로 하려는 욕구가 생겨나기 쉬워서일 것이다. 상대가 자기 욕구에 맞춰주길 바라는 것은 이기심이다. 자기중심의 이기주의만큼 관계를 파괴하고, 상대에게 상처를 입히는 것도 없다.

∞

자전거가 앞으로 나가려면 두 개의 바퀴가 있어야 한다. 그렇다고 충분한 조건이 완성되는 것이 아니다. 둘의 방향이 너무 틀어져 있거나, 둘의 크기가 너무 다르면 제대로 나가기 힘들다. 관계에서도 한쪽의 방식을 따르게 되면 다른 쪽의 방식은 밀려나게 될 수밖에 없다.

이때 차이 그 자체보다 그것을 받아들이는 태도가 중요하다. 서로 다름을 인정하고, 서로 똑같아야 한다는 욕심부터 내려놓으면 한결 관계가 편안해진다.

∞

시간이 흐르다 보면 어느 커플이나 우여곡절을 겪는다. 그 과정에서 서로의 잘못을 보듬어 안는 것은 중요한 일이다. 게다가 '좋고 싫고'는 가장 기본적인 인간의 판단이지만, 확정적인 것이 아니어서, '좋았던 것이 싫어지고, 반대로 싫었던 것이 좋아지는 일'도 자주 일어난다.

어떤 선택을 내린다고 해도, 새로운 비교를 통해 자신의 선택을 후회할 수 있는 게 인간의 마음이다. 지금의 배우자나 연인 때문에 스트레스를 받고 있다면, 그건 그 사람을 선택해서가 아니라, 배우자나 연인이 있으면 자연스럽게 겪어야 하는 스트레스라고 생각해야 한다. 다른 사람을 만났어도 지금 겪는 스트레스를 겪을 것이다. 우리도 그 사람에게 스트레스를 줄 테고 말이다.

상실과 성장

"하루하루가 어쩌면 이렇게도 괴로운가!
불가에 있어도 따스하지가 않다.
태양도 이제는 웃어 주지 않는다.
모든 것이 공허하고,
쌀쌀하고, 피곤하다.
다정히 맑은 별들도
별수 없이 나를 내려다본다.
사랑도 결국에는 죽는다는 것을
뼈저리게 느끼고 나서부터는.

… 헤르만 헤세, 《하루하루가》 중에서 …

어느 날 20대 중반의 A 앞에 뛰어난 미모의 S가 나타났다.
A는 S를 처음 본 순간부터 그녀에게 마음을 빼앗겼다.
S도 한동안 A에게 다정한 모습을 보여주었다.
하지만 A의 친구 B가 나타나자 상황이 바뀌었다. S의 마음은
곧장 수려한 외모에 연애 기술이 능숙한 B에게로 향한다.
A는 마음이 아팠지만 S의 행복을 기원하며 친구로 남는다.
S와 B는 진지한 관계를 이어나가는 듯했다. 그러나 B는
자신이 여자들에게 인기가 많다는 걸 잘 알고 그것을 충분히

이용했다. 이 때문에 고민이 많았던 S는 A에게 조언을
구하기도 했다. S와 대화를 나누며 친밀감이 쌓이고
S가 자신에게 의지한다는 사실에 실날같은 희망을 품은 A는
그녀에게 정식으로 '사귀자'고 제안하려고 약속을 잡는다.
S를 만나러 길, A는 그녀가 B와 함께 있는 모습을 보게 된다.
처음에는 B에게 화를 내던 S의 얼굴이 B의 몇 마디에 금세
표정이 환해지고, 이내 손을 잡고 어딘가로 사라진다.
'난 역시 안 되는 건가?'
'S의 마음에 내가 들어갈 수 없는 건가?'
A의 마음은 B에 대한 질투와 S에 대한 원망으로 찢어지는 듯
아팠다.
그 후로 7년 동안 A는 연애를 하지 않았다. 가끔 B가 그 후로도
많은 연애를 했다는 얘기를 소문으로 들었다. 마음만 먹으면
S와도 연락이 닿겠지만, 그럴 엄두를 내지 못했다. 그만큼
마음의 상처가 깊었다.

우리는 살면서 많은 사람을 만나고 헤어지지만, 사랑하는 사람을 잃는 고통은 언제나 삶을 압도해버린다. 그리고 그 고통은 도무지 면역이 생기지 않는다.

'내가 너와 헤어지고 어찌 살아갈 수 있을까?'

헤르만 헤세가 말한 것처럼 "모든 것이 공허하고" "하루하루가 어쩌면 이렇게도 괴로운가!" 사랑의 상실은 한 사람의 세계를 붕괴시키고, 존재감을 분쇄한다.

사랑의 상실이 유달리 심한 고통을 일으키는 것은 그 상실의 원인이 다름 아닌 '내 탓'이라는 자책에서 벗어날 수 없기 때문이다.

'나는 그/그녀가 원하는 사람이 아니다.'

'나는 그 사람이 사랑할 수 있는 사람이 아니다.'

사랑하는 사람으로부터 사랑받지 못한 나 자신이 한없이 초라하고 더는 그 사람을 볼 수 없다는 생각에 슬프다. 이런 생각은 그 어떤 것보다 마음 깊숙이 상처를 남긴다. 하시민 디 행히 A는 7년이란 시간 동안 상담도 받고 운동도 하며 조금은 더 현명해졌다. 이제라도 B와 S에 대한 미움과 원망 그리고 자책을 멈추고 자기 자신을 위해 용기를 내보기로 결심한다. 그리고 A는 이런 말을 남긴다.

"내 마음은 한때 상처투성이였지만 이제 활짝 열려 있습니다."

∞

미국의 인기 토크쇼인 '닥터 필 쇼Dr. Phil Show'의 진행자이자 심리학자 필 맥그로는 부부, 연인, 가족 간의 문제를 해결해주는 라이프 카운슬러로 유명한데, 그는 관계에서 중요한 것은 '감정적 종결emotional closure'이라고 말한다. 마음속에 자리 잡은 불쾌한 감정은 그 감정을 촉발한 상황과 직접적으로 연결됐을 때뿐만 아니라, 그 이후에도 모든 관계와 모든 상호작용에까지 해를 끼쳐 궁극적으로 본래의 선한 모습까지 잃게 한다. 이를 피하기 위해서는 그 감정을 임의로 종료시킴으로써 더는 감정적인 것을 끌어안고 가지 말아야 한다고 주장한다. 그렇지 않으면 분노와 상심, 증오와 같은 부정적인 감정이 우리 몸과 마음과 삶까지도 갉아먹기 때문이다.

사랑과 우정, 의리, 연민 같은 감정에 휩쓸려 혼란스러워하며 부유浮游하기를 멈추고, 아무리 어렵고 힘들더라도 스스로 그 감정들을 종결해야 한다. A가 상대와 자신에 대한 부정적 감정을 멈추고 자기 삶을 위해 용기를 내었듯이 말이다.

∞

우리는 저마다의 이유로 끝내 사랑하는 사람과 헤어진 경험이 있다. 사랑보다 더 중요한 가치(효용)를 지키기 위한 것이었다고 스스로 합리화해보기도 하지만 마음은 괴롭기만 하다.

그런 종류의 상실감이 지속돼 오랫동안 불행하다면, 나아가 자신이 선택한 효용을 모두 무위로 돌려버린다면 당초 기회비용 계산이 잘못됐을 수도 있다. 사실 사랑하는 사람과 함께하지 못한다는 것은 그 무엇으로도 보상받기 어려운 일이기 때문이다.

∞

오늘도 어딘가에서는 영화 대사처럼 "사랑이 어떻게 변하니?"라고 항변하지만 사랑은 변한다. 우리를 사랑에 빠지게 했던 그 대상은 사라졌다. 눈앞의 대상은 우리가 사랑했던 사람을 닮았지만, 정확히 '그 사람'은 아니다.

뜨거웠던 사랑은 어느새 뜨뜻미지근한 관계가 되거나 심드렁한 사이로 변색했다. 밤하늘의 별들을 밀어내고 오직 상대만 담아내려 했던 두 눈동자에는 별다른 온기가 느껴지지 않는다. 서로는 집중의 대상에서 배경으로 역할이 바뀐다. 무대 중앙에서 밀려나, 있는지 없는지 굳이 알 바 아닌 소품 같은 존재감만 남는다.

시간이 흐른다는 것은 그만큼 우리에게 많은 일들이 일어나고, 그 일들의 경험이 쌓여 우리의 감정과 생각이 우리의 존재처럼 변하게 된다는 뜻이다. 서로를 더 잘 이해하고 서로에게 더 필요한 존재로 변할 수도 있고, 그 반대가 될 수도 있다. 운좋게 그 사랑을 지켜왔을지라도 사랑의 변화를 수용하지 못하는 사람들은 불만과 불안, 원망과 혼란 속에서 관계에 대한 낙담과 회의에 마음이 침탈된다.

∞

우리가 왜 '이 사람.'인지, 왜 '이 사람'이어야 하는지에 대해 제대

“사람은 그가 사랑하는 것만큼만 선하다.”

젊은 시절 어디선가 본 말인데, 나이 들어보니 더욱
맞는 말이라는 생각이 든다. 사랑하면서 선해지지 않는 사람도
분명 존재한다. 사랑할 때 선해지지 않는 사람은 아마 평생
그럴 기회가 없을지도 모른다. 선해지기엔 너무 오랫동안,
너무 부정적인 갑옷을 두른 것일 테니까.

로 답하지 못했던 실제 이유는 반드시 그 사람이어야 하는 특별한 이유가 없었기 때문이다. 그저 마음을 다해 사랑하고 때가 되면 기꺼이 보내줄 수 있기를 바랄 뿐이다.

세상의 꽃은 그렇게 피고 진다. 우리의 사랑도 그렇게 피어나 열매 맺고 후손을 남기기도 하고 사라져간다.

언제든 꽃이 질 수 있다고, 얼마 버티지 못하고 사라진다고, 꽃의 아름다움이, 꽃의 소중함이 반감되는가? 우주의 시간에서 모든 것은 찰나에 불과하지만, 그 시간이 우리의 인생이고, 그 인생의 꽃을 피우고 품는다는 것은 마법이고, 축복이다.

사랑은 햇볕에 외투를 벗는 나그네가 되는 것과 같다. 나를 막고 있던 온갖 부정적 감정의 외투를 벗고 본래의 선함과 밝음을 찾고 미소 짓게 되는 것. 그래서 우리는 상심과 상실의 고통을 경험하고도 다시 사랑하게 되는 것이 아닐까. 아이처럼 밝고 순수해지는 행복을 다시 누리고 싶어서 말이다.

사랑이 끝나도 남는 것들

"사랑해보고 잃는 것이
한 번도 사랑해보지 못한 것보다 더 낫다."
… 빅토리아시대 계관시인 알프레드 테니슨 …

어느 한쪽이 다른 한쪽을 떠나는 것은 떠나는 쪽이 더 잘났거나 유리해서가 아니다. 더 이상 사랑이 생겨날 수 없음을 한쪽이 먼저 깨달은 것뿐이다. 두 사람이 함께하는 것보다 다른 사람과의 결합이나 혼자가 되는 것이 그 사람에게 더 필요하다는 얘기다.

한때 내 전부처럼 존재했지만, 그렇게 이제 더는 나와 상관없는 사람이 된다. 하지만 진심을 다해 사랑할 수 있는 마음은 여전히 우리 안에 있으니, 그거면 충분하다. 사랑은 다시 온다.

그러나 자신이 받은 상처만 되새기면서 원망과 저주의 말로 지나간 고통을 되새기는 사람들이 있다.

"네가 내 인생을 망쳤어."

"다 너 때문이야. 내 인생 책임져!"

이런 말은 '함께했던 사랑을 쓰레기통에 처박는 행위'이고, 자신의 과거와 인생을 부정하는 선언이다. 사랑이 서로의 인생을 얼마나 좋은 것으로 만들었는가를 기억하지도, 감사하지도 못하는 사람에게는 언제까지고 헤어날 수 없는 고통만이 남을 뿐이다. 상대를 비난하고 원망할수록 자기 자신도 초라해진다.

∞

사랑이 지나간 자리를 치유하는 시간은 필요하다. 그 시간의 길이는 정해져 있지 않지만, '다른 사람을 사랑할 수 있게 되었을 때', 치유는 끝이 난다. 사랑받는 것보다 사랑하는 것이 마음을 더 굳건하게 해주지만, 누군가의 사랑을 받으면 누군가를 사랑하는 것도 더 쉬워진다.

다시 사랑할 준비를 하는 방식에는 사람마다 차이가 있다. 지나간 사랑에서 뭔가를 배우고 싶어하는 사람에게는 복기復棋가 필요할 수도 있다. 내가 그 사람을 왜 만났을까, 왜 좋아했을까, 무엇이 맞지 않았나를 되짚어보는 것이다. 같은 실수를 반복하고 싶지 않다면 고통스럽다고 하더라도 필요한 과정이다. 하지만 복기의 시간이나 방식이 잘못 정해지면 불필요한 곱씹기rumination가 되기 쉽다. 같은 고통을 여러 번 반복하는 것은 누구에게도 도움이 되지 않지만, 곱씹기에 중독되는 사람들이 많다. 과거에 매달릴수록 미래에 대한 책임에 직면하지 않아도 된다는 '자기 면제'의 위안 때문이다. '이렇게 아픈데, 나를 좀 놔둬'가 되어버린다.

지난 사랑을 잘 되짚어본 사람은 다시 사랑할 준비를 마친 것과 같다.

∞

물론 그렇게 지나간 사랑을 면밀하게 분석하고 상대를 파악하고 선택을 한다고 해서 잘못된 선택이나 위험으로부터 완전히 안전해질 수 있는 것은 아니다. 갈등과 불화 없이 평탄한 관계가 지속될 수 있는 것도 아니다.

연애 학원이나 연습소 같은 것이 있다면, 서로에 대한 정보를 수시로 공유하고, 연인과 배우자로서의 성향과 성품을 체험할 기회를 통해 '연인으로서의 자신'과 '연인으로서의 후보자'에 대해 더 잘 알 수 있을 것이다. 그러면 서로 잘 맞는 짝의 조합을 찾아 사랑을 이룰 가능성이 확실히 높아질 것이다. 하지만 짝을 만나는 일에는 너무 많은 우연이 개입하고, 짝으로 살아가는 데에도 너무나 많은 현실적 요소들이 영향을 미친다.

∞

우리 삶도, 우리가 사랑했던 사람도, 그리고 내 마음도 계속해서 변해간다. 어떤 선택을 하든 불만족이 생기고, 선택할 당시에는 없었던 일들도 계속해서 일어난다.

원래 비슷했던 사람들끼리라면 시간에 따른 변화에 따라가기 쉽겠지만, 아주 달랐던 사람들이 열정으로 결합한 관계라면 시간이 갈수록 두 사람의 접점이 적었다는 사실이 드러나게 된다. 아마도 연애가 시작되었을 때가 두 사람 평생에 가장 서로 가깝고, 또 가까워지려고 노력한 순간이었을 것이다. 그리고 이후로는 평생 서로에게서 멀어지는 과정이 이어진다.

∞

오래된 커플을 붙잡아주는 것은 만나온 시간의 영향력, 즉 경험의 축적, 관성과 습관의 영향력이다. 이런 한 사람과 함께 나눈 시간을 상실하는 것은 엄청난 타격이다. 다른 사람으로 대체하는 것은 현실적으로 불가능해 보이고, 지난 사랑의 시간을 지우는 것이 두렵다.

하지만 진짜 중요한 것은 누구의 손을 붙잡고 있는가보다 내 행복과 성장을 위해 노력하는가이다. 나이를 먹는다고 모두 지혜로워지는 것도 아니므로. 나이가 들면 안목이 좀 는다고 해도, 삶을 함께 나누고 영혼을 교류할 대상으로 저절로 성숙하고 발전하는 경우는 드물다. 자기 자신 이외의 사람까지 감당할 만큼 넓은 품, 생각의 여유와 마음의 풍요를 유지하는 것은 나이하고는 별로 상관이 없기 때문이다.

∞

사랑이 위대한 것은 특별한 만남이나 거창한 약속들 때문이 아니다. 언제든 소멸할 수 있다는 가능성을 인정하면서 정성과 헌신으로 그 사랑을 채워나가려는 서로의 마음들 덕분이다.

이때 사랑은 우리 인생에서 가장 특별한 사건일 뿐 아니라, 우리 삶 자체와 불가분의 관계에 있다. 그래서 스스로를 아끼고 사랑하지 않으면서, 자신은 어떻게 되더라도 오직 상대만 사랑하겠다는 주장은 모순일 수밖에 없다. 스스로를 온전히 사랑하지 않는 이의 마음은 타인을 욕망하고 집착할 수는 있어도 그것을 진정한 사랑이라고 할 수는 없다.

∞

사랑이 변하고 때로 사라지는 변화 앞에서 겸허하게 무엇을 배울 것인가. 헛된 기대, 근거 없는 확신과 약속을 남발하는 과장된 사랑은 관계에 대한 현실감을 손상시키고 절망을 불러온다. 사랑의 소중함을, 상대가 베푸는 마음을 너무 쉽게 여기는 것도 터무니없는 기대와 기준에서 비롯된다.

인간의 생명처럼 사랑도 유한하다. 사랑이 영원하지 않다고 해서 너무 서운해할 것도 아니다. 그 끝에 도달하기도 전에 거의 대부분 사랑했던 마음이 먼저 바뀌어 간다. 사랑이 아니라 사랑했던 사람과의 관계를 포기하는 일들이 일어난다는 것이 더 사실적이고 정확한 표현이다. 그래서 사랑을 조금 다른 마음으로 대하는 자세가 필요하다.

사랑은 수명이 있는 생명체처럼 다뤄져야 한다. '영원히 너만을' '죽는 날까지 변치 않는' 같은 너무 극적으로 보이려는 포장이 사랑을 에워싸는 것은 좋지 않다. 허황된 말들로만 사랑이 채워지는 것을 경계해야 한다.

∞

이제라도 헛된 기대와 허황된 기준에서 벗어나 더 많이 사랑하고 더 행복해지는 길을 선택하고 배워보자.

우리가 무엇을 사랑하고, 누구를 사랑하며 살았는지 만큼 우리를 증명해주는 것은 없다. 우리가 어떻게 사랑하고, 얼마나 사랑했는가에 따라 우리가 살아온 삶의 그림과 색채가 달라진다.

죽음을 온전히 받아들여야 살아 있는 것을 더 잘 이해하고 감사할 수 있는 것처럼, 사랑이 영원불멸하지 않고 소멸한다는 사실을 인정할 때야 비로소 누군가와 사랑했던 순간이 얼마나 특별한지, 사랑이 어째서 그토록 위대한 삶의 축복인지 깨닫게 된다.

영화 〈이보다 더 좋을 수는 없다〉에서 강박적인 기질로 인해 마음이 아픈 주인공(잭 니콜슨)은 다른 사람들을 힘들게 하고 독설을 남발한다. 심지어 자신이 세상에서 유일하게 흠모하고 의지하는 여성(헬렌 헌트)에게까지. 결국 그녀를 화나게 만드는 일을 저질렀고, 그녀는 그 일로 인한 상처에 대해 사과를 요구하면서 자신을 칭찬하라고 한다.

"당신은 내가 더 좋은 사람이 되고 싶도록 만듭니다.
You make me wanna be a better person."

이 말에 여성은 자신이 들어본 중에 가장 훌륭한 칭찬이라고 감동한다.

사랑하는 동안 우리는 누군가를 위해, 자기 자신을 위해 더 좋은 삶을 살고 싶고, 더 좋은 존재가 되고 싶다. 그 상대의 삶이 좋아지고, 그 사람도 더 좋은 사람이 되는 것에 도움이 되고 싶어진다. 이것이 사랑의 마법이다.

맺음말

살며, 사랑하며, 배우며

"사랑하는 것은
그 사랑을 보상받지 못하는 위험을 감수하는 일이다.
사는 것은 죽는 위험을, 희망을 갖는 것은 절망하는 위험을,
시도하는 것은 실패하는 위험을 감수하는 일이다."
… 레오 버스카글리아, 《살며, 사랑하며, 배우며》 중에서 …

오래전 카세트테이프에 음악을 녹음해 듣던 시절에 친구가 새로 생긴 여자친구에게 카세트테이프 선물을 받은 적이 있다. 지금처럼 휴대전화나 USB에 음악을 담는 것보다 무척이나 번거롭고 정성스러운 과정을 거쳐 탄생한 그 선물은 누가 봐도 한두 번 해 본 솜씨가 아니라는 것을 알 수 있었다. 게다가 그녀는 남자친구의 친구들인 우리에게도 카세트테이프에 음악을 담아 선물해줬다.

친구들은 논쟁이 붙었다. "남자친구한테만 잘해줘야지, 모든 사람에게 다 잘해주는 사람은 아니지 않냐?"는 쪽과 "무슨 소리, 이렇게 정성을 다하는 사람이 좋지"로 나뉘어, 그 부러운 녀석을 뺀 나머지 우리는 마치 자기의 일인 양 열을 올렸다.

내게 어느 쪽이냐고 묻는다면 '자기에게 소중한 사람에게만 잘하는 사람'보다 '기본적으로 사람에게 잘하는 사람'이 좋다는 쪽이다. 사람에게 정성을 쏟을 줄 모르다가, 어떤 대상을 만나 정성을 보이는 것은 대개 오래 가지 못한다.

∞

사랑하는 사람을 정성스럽게 대하는 사람은 상대방의 정성도 잘 알아본다. 서로 정성을 다하는 사랑을 할 수 있는 사람을 만나라. 사랑하는 사람에게 정성을 다할 수 있는 것이 얼마나 큰 기쁨이고, 삶에 의미를 주는지 느껴봐야 한다.

혹시 상대와 그럴 수 없거나, 그럴만한 사람을 만나지 못했다면, 그건 당신 탓이 아니다. 사실 누구의 탓도 아니다. 탓할 것 없이 그런 사람을 만나 사랑하면 된다.

한때는 그랬는데, 지금은 아닌 사람이 되었다면, 정성을 다했으니 아쉬워도 그건 훌륭한 삶이었다. 다시 사랑하면 된다. 사랑할 수 있는 정성스러운 마음이 있으니.

∞

20년 가까이 10대 후반부터 20대 대학생들, 그리고 30대와 40대를 대상으로 사랑과 결혼에 대한 강의를 해왔다. 수업 시간에 모든 연령대에서 공통적으로 묻는 질문이 있다.

"연인 또는 배우자의 자질로 가장 중요한 것이 무엇인가요?"

이때 내가 강조한 것은 '긍정적인 사람인가'였다. 그것은 단지 명랑하고 쾌활한 성격만을 의미하는 것이 아니다. 긍정적인 사람은 서로의 좋은 점을 찾아낼 줄 알고, 삶에 감사할 줄 알며, 사랑하는 사람에게 선한 영향을 미치며 함께하는 삶을 누릴 줄도 안다. 결국 사랑할 수 있는 마음습관, 태도가 중요하다는 뜻이다.

《살며, 사랑하며, 배우며》에 이런 구절이 나온다.

"사랑하는 것은 그 사랑을 보상받지 못하는 위험을 감수하는 일이다."

실패에 대한 두려움이 엄연한데도 상대를 사랑하는 것은 그 사랑에 긍정적이지 않으면 해내기 힘든 도전이다.

사랑은 바로 이런 위험들을 감수하는 용기가 있어야 삶을 배우고 사랑도 제대로 해낸다는 생각을 했다. '사랑한다는 것은 사랑받지 못할 위험을 감수'하고 그 사랑에 풍덩 나를 던지는 일임을 나이가 들수록 깨닫게 되었기 때문이다.

∞

자신을 행복하게 해줄 사람을 구하는 데 열중할수록 그런 사람을 고르기 어렵고, 기대했던 행복도 더 경험하기 어려워지는 것 같다. 결국 그 해답은 나에게서 찾고 나로부터 시작해야 한다. 내 마음을 밝게 하고 내 삶을 정성껏 가꿀 때 행복해지고, 나를 좋아해주는 사람도 많아진다.

내 삶이 밝아지면 다른 사람에게도 그냥 줄 수 있는 것들이 늘어난다. 나의 환한 얼굴을 보는 사람은 미소가 떠오르고, 내 따듯한 말 한마디에 상대의 얼었던 마음이 녹는다. 되돌려 받을 생각 없이 주는 기쁨이 큰 행복으로 이어지고, 받는 사람도 그 고마움을 갚고 싶은 마음이 생긴다. 그 온기 속에서 피어나는 사랑은 단단하고 오래 간다.

사랑하는 사람에게 정성을 다하는 사람이 되는 것은 자신의 삶에 대해서도 정성을 다하는 것이다.

사랑은 날마다 조금씩 자라고 단단해지는 나무와 같다. 처음 사랑을 느꼈을 때의 감정과 오랜 시간 함께하면서 서로에게 헌신하고 지지하고 같이 울고 웃었던 인생의 동반자로서 느끼는 감정이 어떻게 같을 수 있겠는가?

사랑을 시작했다면 서로를 지지하고 응원하며 그 사랑을 뿌리 깊은 나무로 키워내야 한다. 사랑했다면 그것 자체가 성취이자 인생에 축복이다. 그것이야말로 우리가 사랑하는 이유이자 살아가는 이유이므로.

다시 사랑하게 된다면

1판 1쇄 인쇄 2023년 11월 5일
1판 1쇄 발행 2023년 11월 15일

지은이 주현덕
펴낸이 이선희

책임편집 이선희
편집 전진 구해진 박소연 구미화
독자 모니터링 김태희 박순영
저작권 박지영 형소진 최은진 서연주 오서영
디자인 김하얀
마케팅 정민호 박치우 한민아 이민경 박진희 정유선 정경주 김수인
브랜딩 함유지 함근아 박민재 김희숙 고보미 정승민 배진성 박다솔 조다현
제작 강신은 김동욱 이순호
제작처 한영문화사

펴낸곳 (주)나무의마음
출판등록 2016년 8월 25일 제406-2016-000107호
주소 10881 경기도 파주시 회동길 210
문의전화 031-955-7972(마케팅) 031-955-2643(편집) 031-955-8855(팩스)
전자우편 sunny@munhak.com

ISBN 979-11-90457-30-9 03810

○ 나무의마음은 (주)문학동네의 계열사입니다
○ 잘못된 책은 구입하신 서점에서 교환해드립니다.
기타 교환 문의: 031-955-2661, 3580

www.munhak.com